Urs Widmer

Liebesbrief für Mary

Erzählung

Diogenes

Der Autor
dankt der Stiftung Pro Helvetia
für ihre Unterstützung
Umschlagillustration:
William Michael Harnett, ›Die alte Schranktür‹,
1889 (Ausschnitt)

150/93/24/1
ISBN 3 257 01965 3

Der Brief Helmuts, der das Herz dieses Buchs bildet, war für eine Frau bestimmt, die ihn später auch zu Gesicht bekam, in Nosucks, Australien, einem aus zwei, drei Häusern bestehenden Ort mitten in der Warburton-Wüste, wo sie seit einer Zeit lebt, die mir lang und kurz vorkommt, und mit einem Tankwart liiert ist, einem John Smith, einem Aborigine, der aussieht, als sei er in einen Aschenkübel gefallen. Grau. Er hat auch einen Namen, so wie er dort üblich ist, Akwerkepenty, was »Weit reisendes Kind« bedeuten soll. Er ist zwar alles andere als ein Kind, steuert aber zuweilen sein Auto, einen ebenso grauen und ähnlich zerbeulten Pritschenwagen der Marke Toyota, in die siebenhundert Meilen entfernte Kreisstadt, wenn er Mary ins Kino ausführt, unsichtbaren Songlines entlang. – Helmut war ein Freund von mir, ein Schriftsteller wie ich. Wir haben dieselbe Schule besucht, hier in Zürich, ein Gymnasium, an dem sein Vater Mathematiklehrer war. Wir lernten unser Rechnen aber bei einem andern Lehrer, einem Herrn Schwager, der eines Morgens mitten im Unterricht aufschrie, jetzt reiche es ihm aber, und türenschlagend den Raum und die Schule verließ. Dabei hatte Fredi Spiess, der auch schon tot ist, nur behauptet, daß der Satz des Pythagoras $E = mc^2$ laute. Herr Schwager kam nie mehr zurück. Jahrelang noch sah ich ihn durch die Gassen des Niederdorfs gehen, die Schaufenster von Numismatikern inspizierend, und ein bißchen wohl auch die der Nachtklubs. Unser Englischlehrer (mein letztes Wort über die Schule; aber ihm hatte Helmut sein kümmerliches Englisch zu verdanken) hieß Bachmair und haßte die Schule im allgemeinen und Helmut im besondern. Er wechselte vom Beginn der neunten Klasse bis zum Abitur kein Wort mehr mit ihm. Züchtete Schafe im Garten seines kleinen Hauses in Witikon und führte mehrere Jahre lang einen Prozeß mit einem Nachbarn, der das Geblöke als Nachtruhestörung erlebte. Er gewann den Prozeß und starb. Englisch konnte er nicht. – Mary hieß Mary Hope – ich meine, bevor sie Akwerkepenty-Pu wurde, der »Herztraum des weit reisenden Kinds« –, hatte einen irischen Vater, war aber in Liverpool aufgewachsen und arbeitete bei der Swissair. Sie war für *good relations* mit den englischsprechenden Airlines zuständig und sprach ein rührendes, sehr rudimentäres Deutsch. Sie war hübsch, außerordentlich hübsch. Schlank, um nicht zu sagen dünn, eine lange Latte mit einer durchsichtigen Haut, ein paar Sommersprossen, blauen Augen, blonden Haaren. Als ich sie kennenlernte, lieben, war sie mit einem Discjockey zusammen, was aber kein Problem darstellte, weil ihr DJ die ganze Nacht über in seinem Schuppen Platten auflegte. Als Helmut sie liebenlernte, kennen, war sie mit mir liiert, was ein erhebliches Durcheinander verursachte, für mich, meine ich. Für Helmut und Mary nicht eigentlich, wenn ich es recht bedenke, denn ich begann just in jenen Tagen, jenen Nächten wie besessen an einem Theaterstück zu schreiben, das ich dem Schauspielhaus anbieten wollte und auch anbot und in dem ich ein für alle Male mit der bürgerlichen Welt aufzuräumen gedachte. Ich konnte damals nur nachts schreiben. Tagsüber döste ich oder besuchte Mary in ihrem Büro am Bellevue, aber abends, nach den Nachrichten, verabschiedete ich mich von der Moderatorin, schaltete den Fernseher aus und setzte mich an meine Schreibmaschine, eine IBM mit einem Kugelkopf. Stürzte mich in meine Abenteuer, in die einer jungen Frau in erster Linie, die drauf und dran war, unendlich viel Geld zu erben, alle Aktien eines Chemiekonzerns, so daß sie nicht wußte, ob sie von dem Mann, dem sich hinzugeben sie gewillt war und der aus bescheidenen Verhältnissen stammte, ihres Geldes oder ihres Liebreizes wegen geliebt wurde. Während ich dichtete, taten Helmut und Mary, was sie taten. Zuweilen kam Mary verstört und verwirrt gegen vier Uhr früh zu mir und zog das Kabel der Schreibmaschine aus der Steckdose, so daß diese zu brummen aufhörte und ich, der ich über meinem ersten Akt eingeschlafen war, hochschreckte. Da stand sie, einmal in einem dunkelroten Abendkleid mit einem Décolleté, das ihre Brüste mehr als nur ahnen ließ, liebreizend, das Leben selber. Eine Haut wie aus Porzellan, die Haare hochgesteckt, ein Lächeln, bei dem Leonardo, hätte er es zu Gesicht bekommen, seine Skizzen der Mona Lisa zerrissen hätte. Ich saß da und sah sie an, und plötzlich lagen wir auf dem Teppich, sie über mir. – Später verschwand sie. Helmut war es, der herauskriegte, wohin. Sie setzte sich eines Morgens, als wir beide noch schliefen, in eine Maschine ihres Arbeitgebers und flog nach Sydney, auf die andere Erdseite, wo sie sich in einer Pension einrichtete. An der Berlitz School gab sie zweimal in der Woche Deutschstunden. Zufällig, während eines Abendspaziergangs, als sie die nächste Lektion von *Basic German* auswendig lernen wollte, geriet sie auf einen jener Traumpfade, die niemand sieht und niemand verlassen kann, wenn er einmal drauf ist. Ging und ging, und am Ende des Pfads, zweitausendfünfhundert Meilen südwestlicher, stand mit offenen Armen Mr. Smith, der immer gewußt hatte, daß einmal eine Unbedachte in seine Falle tappen würde. Er sah ihr zu, wie sie staubig und erschöpft zwischen Kakteen und Felsbrocken näherkam, und dankte dem Schicksal, das ihm ja auch eine Fette, Ungeschlachte hätte spendieren können. Sie ergab sich ihm sofort (war zu kaputt für etwas anderes) und erwachte hinter dem Tresen von John Smiths Imbißbude, die neben der Tankstelle stand, welche neben dem einzigen Wasserloch im Umkreis von hundertfünfzig Meilen aufgebaut war. Benzin, Wasser, Hot dogs: das waren Gründe genug, nach Nosucks zu fahren, und so war in und um Johns und Marys Bude stets ein Riesenbetrieb, obwohl sie bis zu allen Horizonten hin nur roten Sand, Kakteen und Hügelberge sahen. Die Post kam nie, aber das war nicht der Grund, weshalb Helmuts Brief (als er ihre Adresse endlich hatte) Mary nie erreichte, auf dem Postwege, meine ich. Ich hatte das mit Sondermarken vollgeklebte Couvert in Helmuts Jackentasche stecken sehen, als er auf dem Weg zum Briefkasten war, nahm den Brief an mich, weil Mary *meine* Briefpartnerin war, und brauchte dann eine Weile, bis ich herausgefunden hatte, woher Helmut die Adresse hatte. Wieso er ihr schrieb, und was. Der Tisch war umgekippt, unsere beiden Biergläser waren in Scherben, und Helmuts Nase blutete. Ich lehnte keuchend am Geschirrschrank. Helmut schrie, ich sei ein lausiger Schläger, unfair und heimtückisch, nur als Schriftsteller sei ich noch mieser. Dabei hatte ich ihn nur ein bißchen gestupst. – Etwas später hatte er seinen Unfall, und so blieb sein Brief bei mir. Er ist, denke ich heute, so etwas wie sein Vermächtnis. Mit Abstand das Beste, was er je geschrieben hat. Mary hat ihn gelesen und bleibt trotzdem bei ihrem John. Sie *liebt* ihn. – Auf den folgenden Seiten nun also Helmuts Liebesbrief an Mary. Aber nicht alles, was er schreibt, vermag ich kommentarlos hinzunehmen. Die Leidenschaft ist eine Fälscherin. Zu oft bin ich gemeint. Zu oft war alles ganz anders. Helmut, im Paradies oder in der Hölle, wird die Wahrheit aushalten müssen. – Vielleicht (nach Nosucks gelangt immer noch keine Post, und ein zweites Mal fahre ich da nicht hin) kauft sich Mary dieses Buch, wenn ihr grauer John sie wieder einmal in die ferne Stadt mitnimmt. Ihr Erschrecken, ihr Erröten, wenn sie es in der Buchhandlung liegen sieht, die sonst nur *pocket books* und amerikanische Bestseller mit goldgeprägten Titeln führt: Ungeduldig, unduldsam fast sitzt sie dann neben John im Kino; möglichst bald will sie nach Hause. Dann liegt sie, im Licht der untergehenden Sonne, in der Hängematte auf ihrer Veranda (John hantiert fern im Schuppen herum) und liest und liest. Liest. Endlich läßt sie das Buch sinken und schaut auf die Hügel, die im Abendlicht violett geworden sind und hinter denen Europa wartet.

Dear Mary. – I write to you in English, although, as you know better than anybody else, my English is horrible, a terrible stammer, a catastrophy, a constant search for the right word, a search which ends always the same way, I mean, I find the wrong word and open the door to a new misunderstanding. Probably only a German speaking reader might understand this letter. But, you agree, dear Mary dear, if I spoke German with you, the misunderstandings would be even greater, because your German is charming, very charming, hopelessly charming: you mix up just everything, even Liebe and Leid. Schmerz and Herz. – The man who tried to introduce me to the world of Shakespeare and Elvis Presley, my first teacher, a Mr. Bachmair, had been in England for four weeks at the age of twenty (when he became my teacher, he was nearly sixty years old) and used this unforgettable holiday as the only source of his teaching. So I was forced to learn my English in the cinema, in the movies, as the Americans say, for, in fact, I preferred American westerns and comedies like Some like it hot *to everything else. Speaking of liking it hot: as long as you were with me, I thought that I liked it as hot as it was, as you were, that* you *liked it too the way it was – but since you have gone, the conviction that I was a big asshole is deluging me. The asshole of all assholes, a real first-rate candidate for the Guinness Book of Records. I spoke and spoke, that is all I did. Hot* words! *And now you are gone. – Can you forgive me? Please, do so, come back. I will never again open my mouth. I will* act. *– Do you know how I found out where you live? Do you know how I learned that you sell hot dogs to farmers and now and then to a bus full of Japanese tourists who want to experience the thrill of getting lost in the eternal desert? – I saw you! I have been at Nosucks! I was covering behind a rock and saw you sitting in your rocking-chair on the veranda of your house – to call your cabin a house –, reading I don't know what. I saw John, looking like the grandfather of all the rocks around us, who filled the gas tank of the car of a young man with a white T-shirt and sunglasses and, as the young man did not pay attention, a gas tank of his own. – Mary, I write you without a dictionary. Forgive me my mistakes. It is impossible to love the way I do* and *to look up words. – I saw you go to your room, I saw the grandfather of* *the rocks who followed you, and I heard your murmurs. I ran away, all the way back, following the songline which had led me to you. It was easy to find you. It was terrible to leave you. It had been a shock when you left me.*

My dear Mary. My enchanting, my bewildering Mary. What went wrong? Wasn't it wonderful, our walks through the woods, our discussions, our jokes? Sometimes we stopped, and I kissed you. You closed your eyes. Birds were singing, mocking-birds perhaps, not that I know what mocking-birds are exactly. – Do you remember the woman living next door to your room? Even and especially in the afternoons we heard her, while she was with her lover, a pale young man who always wore a dirty grey jacket. Never before and never again have I heard a woman scream so loud. Never. Like a railway or the alarm of a factory when a fire breaks out. Once, one single time we found ourselves nude and followed the rhythm of the lovers on the other side of the wall like an order. We did not scream as loud as they. You looked like an abandoned child, nude. Do you remember? – Why, Mary, didn't you ever open your door again when I knocked? It was a terrible time. I slept on the little carpet outside your room, and I even didn't know if you were at home or not. Perhaps you were with another man,

somewhere else. Mary. One time I knocked all night at your door. I had bleeding knuckles and could not write for two weeks.
Sometimes you mentioned your former lovers. Sexual monsters all of them, kind of giants who made you happy, the same way as the neighbour's lover did. Once you panegyrized even the writer who tells everybody that he is my best friend. I think it was the memory of your eyes glowing with delight which inspired me one evening to knock him down. We were drinking beer together, as we often did, and he spoke about the play he was writing in those days – I haven't heard of it since –, a confuse story of a woman who loved an extremely rich man, or perhaps the other way round. Well, he insulted me, or no, I insulted him, yes, it was me: I said that he was a sexual monster, and he smiled – his smile was the insult! –, and I knocked him down. He fell off his chair but wasn't hurt. My knuckles were bleeding again. I am not a good knocker. I often feel the need of knocking down somebody, of knocking down everybody as a matter of fact, but I never do. My friend, our friend was the true and only exception. I have got a good education. My mother was a lady. My father was a gentleman. – Mary. Listen to me, please, far down in your desert. You are the only one to whom I am

able to speak. Once a year I go to my doctor and have a little chat with him, and sometimes I exchange some words with my butcher. That is more or less all. Listen to me. Writing is easier than speaking. Speaking is easier than acting.

I even asked you to marry me. I am a little ashamed thinking of the circumstances. We were lying side by side in a tent at the camping ground of Rapperswil, on the lake of Zurich, and so close to you, I tried, although you had warned me, to convince you to make love with me a second time in our lives. »No!« you said, lying in your sleeping-bag and turning your back to me. I only saw your beautiful hair and the grey sleeping-bag, a gift of the lover before the lover before me who was, if I remember well, a disc jockey. »No!« you shouted as my hand tried to find an entrance to the bag. »No!« You sounded furious, and I stammered: »Mary? Will you marry me?« You did not say anything, but next morning you got up very early – so early in fact that we didn't pay the tax when we left the campground. You remained completely mute, and I walked behind you to the station where you bought a ticket just for yourself and climbed into the train, and I remained outside with your sleeping-bag in my arms, the sleeping-bag of the DJ. This wasn't, as you know, the end of our love. We started again to take long walks through woods, went to movies again, and had coffee near your office, either in the Odeon or in the Select. When you left me for good, I was sleeping and didn't even dream that you were, at this very moment, flying southwards, with SR 899 to Sydney, as I found out later. It wasn't easy. Nobody would tell me your address or give me any useful information. I started to drink coffee with your best friend, Magdalena, your colleague in the office near Bellevueplace, an attractive woman with – for me, who loves you, you, YOU – an extremely vulgar face. Well, speaking with her was easy, she is born in Zurich, like me. She liked words like super *and* wow!. *Once a minute she said* You don't say!, *but in Swiss-German, »Jo du säisch!«. In the beginning of our relation she behaved as if she had no idea why and where you had vanished, but when I became her lover or, to be precise, was on the point of becoming her lover, she opened the doors of her knowledge and told me everything. Everything was that she knew the number of your flight. I was standing in front of her, undressed and with a halfstiff, undecided cock, and she was nude too, smiling, waiting for me. I hastily put on my clothes again, rushed to the airport, took the same flight as you, SR 899, and arrived in Sydney where*

I lost your footmarks for days or weeks or months, during which I went to the Berlitz School to improve my English. See the result?! It would be even more convincing, I suppose, if I had not learned one day, by chance, that a Miss Mary Hope had been a teacher, a teacher of German!, at this very same institute. She had vanished without even taking with her the money the school owed to her. The last person who had seen her was a colleague who just started to fall in love with her, with you. He told me your way through the little park with the palm trees, and I followed you and was taken prisoner of the songline and remained its slave and saw finally at the end of an interminable desert a cabin, far away, and I walked and walked, singing in my head this one devilish melody to which you have access when you walk on a songline, a kind of childish lamentation. I saw just nobody when I reached the place which is named Nosucks, as I learned with the help of a rusty inscription. A signboard over the door of your little restaurant told me that »John and Mary« lived here. Of course my heart jumped, when I read your name hand in hand with the name of a man whom I didn't know. »Somebody here?« I got no answer. An overwhelming silence. So I waited and drank gallons of water. Finally a cloud of dust emerged far away, between the hills where I came from, and I sat down behind a rock and looked at it. And out of the cloud came a dusty Toyota with a man and a woman inside, and the woman was you. Your man looked like, well, he looked strange. You know, I am not a racist, he just looked so strange to somebody like me. So grey, so small, moving like an ape. He disappeared behind the house, and you sat down in your chair and started to read. You looked wonderful, healthy. Breathtaking. I don't know why, I remained behind my rock, looking at you. From time to time a client came and bought gasoline or a hamburger. Then you walked over to your shop and cooked the burger. When the sun started to disappear behind the mountains, your man came to the veranda and took your hand, and you followed him inside the house, and I listened and listened and didn't hear anything. This was too much for me, and I got up and walked the same way back, with the same melody in my head. I reached Sydney after another uncountable number of days or months and took the next plane, SR 898, to Zurich, where I arrived covered with red dust.[1]

[1] Ich möchte Helmuts Liebesklage an den Stellen, wo mir das möglich und sinnvoll erscheint, unterbrechen, um sie zusammenzufassen und, wo nötig, zu kommentieren. Ich verzichte darauf, den Text in seiner ganzen

Länge zu übersetzen, auch wenn mir bewußt ist, daß nicht jede Leserin, jeder Leser jedes Wort versteht. Wir sind keine Angelsachsen, und vor allem Helmut ist keiner. Dennoch, *too much would be too much,* um es in Helmuts Sprache zu sagen. Ich versuche, nicht nur Helmut Gerechtigkeit widerfahren zu lassen, sondern auch mir. Und Mary, ja, Mary vor allem. Im Grunde – so anrührend Helmuts Brief auch ist – genügt es vollauf, diese Synopsis zu lesen. So oder so erzählt Helmut, bis zu dieser Stelle wenigstens, eher die Geschichte einer Niederlage als die eines Liebestriumphs. *Ich* kannte Mary als eine sinnliche, um nicht zu sagen wilde Frau, die, um einen *ihrer* Lieblingsausdrücke zu verwenden, gerne die Stadt rot anmalte. »Let's paint the town in red!« rief sie, wenn sie auf Abenteuer aus war. Wir machten dann die Runde durch die schönsten Lokale der Innenstadt. Niemand lachte herzlicher als sie. Einmal kletterte sie im Restaurant Bodega auf einen Tisch und sang irische Revolutionslieder, so lange, bis einer der Kellner sie auf den Erdboden zurückholte, also nicht sehr lange. Die Bodega ist eine spanische Gaststätte. Mit einem Flamenco wäre sie weitergekommen. – Nachher gingen wir nach Hause. Sie hatte ein Zimmer an der Spiegelgasse, von dem sie behauptete, es sei das Lenins gewesen und dessen Bett so heftig quietschte, daß uns die Nachbarn am nächsten Morgen belustigt ansahen. Der wirkliche Lenin hatte aber drei Häuser weiter gewohnt, direkt neben dem wirklichen Büchner. – Zuweilen waren wir auch bei mir. Ich wohne seit mehr als zwanzig Jahren in einer inzwischen gescheiterten Wohngemeinschaft in der

Nähe des Hegibachplatzes, das heißt, ich bewohne und bezahle nun ganz allein eine Wohnung, die in ihren Glanzzeiten fünf Herren und zwei Damen Platz geboten hatte. – Helmut aber hat, seinem eigenen Geständnis zufolge, ein einziges Mal mit Mary geschlafen! Einmal! Und ich zerbiß Bleistifte und trat mit den Filzpantoffeln so lange gegen die Wand, bis ich den rechten Fuß verstaucht hatte. Ich humpelte in den Nächten, in denen ich eigentlich mein Stück schreiben wollte, wie gehetzt durch die dunkeln Straßen und sprach laut vor mich hin, wie ein Irrer. »Sollen sie doch, sollen sie doch zusammen, mir ist das doch egal!« Es war mir aber nicht egal. Ich kochte. Ich trank. Ich verabredete mich sogar mit einer Freundin von früher und reservierte ein Doppelzimmer in einem Gasthof im Zürcher Oberland, aber die Freundin, der ich meinen Antrag auf den Anrufbeantworter gesprochen hatte, kam nicht, und es wurde nichts aus meinem süßen Racheplan, mit ihr so lärmig zu tosen und zu toben, daß meiner Mary, wo immer sie jetzt war, was immer sie nun just tat, die Ohren dröhnen mußten. So lag ich allein in jenem Bett des Hotel Hirschen in Bauma und stellte mir Helmut und Mary vor, wie sie in ebendemselben Augenblick in einem andern Bett lagen und was sie dort taten. All die Ungeheuerlichkeiten. Für sie war es gewiß, als stammelten sie als erste Menschen das ABC der Leidenschaft. Als seien just sie von den Göttern auserwählt worden, den wundersamen Kontinent des andern Geschlechts zu entdecken und zu erforschen. Es schaute dem neuen Liebespaar ja niemand zu, nur ich in meinem blöden Schädel. Wahrscheinlich lagen sie in Lenins Bett. Wie sehr versuchte ich, an etwas anderes zu denken: und sah immer nur wieder die entsetzlichen Bilder. – Dabei war nichts gewesen. NICHTS! Ich hatte mich grundlos fast zerrissen vor Eifersucht. Sie waren in Wäldern spaziert und hatten über Bücher gesprochen, ob Joyce nicht vielleicht doch eine Fehlprogrammierung der irischen Geschichte gewesen und daß Flann O'Brien ihm vorzuziehen sei, und so Zeug. Alle Schaltjahre hatte Helmut seine Mary gegen einen nassen Eichenstamm gepreßt und ihr einen Kuß auf den Mund gedrückt, so lange, bis sie ihn sanft wegdrängte und der literarische Diskurs weiterging. – Das eine Mal, wo es dann doch soweit kam, zählt für mich nicht. Ohne das leidenschaftliche Paar im Nebenzimmer hätten sie auch da nur auf der Bettkante gehockt und von mir gesprochen. – Jetzt verstehe ich auch, wieso Mary zuweilen zu mir kam, wenn sie mit Helmut gewesen war. Das heißt, ich vermutete, daß sie von ihm kam. Sie sagte nie etwas. Ich raste natürlich, weil ich nicht wußte, was ich jetzt weiß. Blieb scheinbar gelassen, die Finger, als sei ich in einem Arbeitsrausch unterbrochen worden, auf den Tasten der Schreibmaschine, der ich in Wirklichkeit seit Wochen keinen sinnvollen Dialog mehr entlockt hatte. Aber ich holte doch die Gehörschutzpfropfen aus den Ohren, die zu tragen ich mir angewöhnt hatte, wenn ich schrieb, des chaotischen Lärms in der WG wegen. Mary war stets – ja was eigentlich? – aufgeheizt? dampfend?, bat mich mehr als einmal um einen Whisky, und einmal lagen wir dann tatsächlich am Boden, und Mary tat wie wahnsinnig. – Irgendwer klopfte gegen die Wand. – Oder war das alles eine Inszenierung? Ein Ablenkungsmanöver, zu dem auch der Beschwichtigungsbrief Helmuts gehörte? Hatte Helmut ihn absichtlich so blöd aus seiner Jackentasche ragen lassen? Setzte er sich, Bier trinkend, in die Küche, damit ich den Brief fände? Ging er ohne den geringsten Harndrang aufs Klo, um mir Zeit zu lassen, das Couvert herauszufischen? – Ich glaube das nicht. So einen Brief kann man nicht erfinden. So blöd ist niemand, der nicht so blöd *ist*. – Als ich Mary kennenlernte, ging alles ganz selbstverständlich. Ich hatte die Tochter eines Freunds, die so jung war, daß sie sich allein nicht hineingetraute, in die Disco begleitet, in der Marys Liebhaber die Platten auflegte und die Stimmung anheizte, indem er unsäglich flache Sprüche in ein Mikro kreischte, und Mary saß an einem kleinen Tisch neben der Klotür. Nippte an einer Cola. Mich und sie verband, daß wir mit Abstand die Ältesten waren. Alle andern sahen so aus, als trügen sie immer noch Pampers. Nur der DJ war fast so betagt wie wir, sprach aber angestrengt die Sprache, die vermeintliche Sprache der tanzenden Kinder. Meine kleine Begleiterin verschwand sofort in der hopsenden Horde, und ich setzte mich zu Mary. »Darf ich?« – Ein abwesendes Nicken. Ich nippte auch an einer Cola und rief hie und da etwas, was witzig sein sollte und tatsächlich auch witziger als die Sprüche des DJ war, dessen mörderische Blicke ich nicht bemerkte. Nach einiger Zeit verwandelte sich die schlechte Laune Marys – sie schien irgendeinen Konflikt zu haben – in eine heftige Lebenslust, und sie schlug mir vor, tanzen zu gehen, aber nicht hier, sondern irgendwo, wo die Musik langsam und leise sei. »Gern!«

brüllte ich. Als wir gingen, drohte uns der DJ durchs Mikro allerlei Maßnahmen an, roh und offen, ohne sich vor der Jugend zu schämen. Die verstand ihn vermutlich sowieso nicht und hielt sein Gestammel für die Ansage der nächsten Nummer, während mir in diesem Augenblick erst klar wurde, daß er und Mary ein Paar waren. Mary rauschte wie eine Königin durch die neonleuchtende Tür. Wir landeten im »Blutigen Daumen«, einem Lokal, in dem man nicht tanzen konnte, und saßen zwischen Bier trinkenden alten Männern. Auf dem Heimweg küßten wir uns. Wir gingen in mein Zimmer, in meine WG, und von nun an waren *wir* ein Paar. Der DJ rief jede Nacht ein paarmal an, aber wir hoben nie ab, außer einmal, wo wir sehr übermütig und wohl auch ein bißchen angedudelt waren, denn wir legten den Hörer neben uns, während wir uns herzten, und als wir wieder auf dieser Welt waren und in ihn hineinhorchten, hatte der DJ aufgelegt. – Die WG war zu der Zeit noch halbwegs intakt. Zwar stritten wir uns schon heftig wegen ungewaschenen Kaffeetassen und sogar wegen Nachtlärms (einer von uns, Holger, besaß eine Posaune, auf der er, wenn er traurig oder betrunken oder beides war, innig blies, und Rose, eine stille Physiotherapeutin, schrie im Traum), aber keiner noch und noch keine hatte die Koffer gepackt und war gegangen. Zum großen Show-down sollte es erst später kommen. Am Morgen nach unserer ersten Nacht saßen wir am Frühstückstisch, Mary, ich, Holger, Rose, Suse, die andere Frau, die bei einer Werbeagentur arbeitete und an jenem Morgen in einem getigerten Nachtgewand bei uns hockte, Fritz, der Student, und Rudolph, ein Schauspieler ohne Engagement, der, mir ähnlich, auch ein weibliches Wesen bei sich hatte, ein bleiches Mädchen, dessen Namen ich nicht verstanden hatte und das den Tränen nahe schien. Mary strahlte. Später begleitete ich sie zur Wohnung des DJ, der wie betäubt schlief (ich sah ihn durch den Türspalt, während ich im Korridor wartete) und dessen Autoschlüssel sie brauchte. – So begann unsere Liebe, die zu enden anfing, als sich Helmut und Mary näherkamen, bei der Uraufführung von Helmuts einzigem Stück, einer losen Folge von inkohärenten Szenen. Wir saßen im Theater-Restaurant und plauderten, und plötzlich, wie ein Blitz aus heiterem Himmel, standen Mary und Helmut auf, verabschiedeten sich und gingen. Ich sah ihnen wie vom Donner gerührt nach und brüllte, als sie unter der Tür waren, ziemlich genau das, was der Discjockey einst mir nachgerufen hatte. Auch ich schämte mich nicht.

Mary. Mary, my love. My only passion. I love you like I never loved anyone before. You must *read my letter, please, don't throw it away. Don't show it to John, don't sit together on your veranda and laugh at it. You must answer me. You must come back. John's gasoline station is not a place for you, this hot desert, this burning sun all day, snakes in the toilet, scorpions in the shoes, mosquitos all around the bed, and outside, the whole night through, singing hyenas. Of course your John is a good chap, I am sure he is, but listen, Mary, think a* little, how can you be happy with somebody who is grey and has traditions which are not ours, including the adoration of holy trees and dances to get a few drops of rain? What do we know about songlines? – Mary, my love. I hesitate, I really hesitate, not only because of you and my fear of boring you but also because of me and my panic in looking back: but I have to look back – for a little moment only, for some minutes, don't be afraid –, to explain to you who I am, why I am the way I am, why I am not like I could be when I am with you. When I am with women. Love is the most unbelievable feeling that exists, and although my favorite joke is, that I was screaming »No! Put me back!« while I was born out of my mother, I feel that I touched this earth with an overwhelming feeling which was not love, but the need of love. Well, I still need it. Mary. The first girl whom I loved wasn't called Mary, I am sure about that, but she was as beautiful as you are, five years old or so. Blond, blue eyes. I was five years old, too. I have forgotten her name, but I have not forgotten the shock in my heart, when I saw her the first time. She came along the footpath which was the mainroad of the little village in which we spent our holidays. She was trying to get three or four goats back home to their stable. She had a stick in one *hand which she waved like the conductor of an invisible orchestra. In fact she was singing a song with a nearly inaudible voice. I was standing in front of our house, with my mouth wide open. It was a very small house, not much bigger than the stable of her goats, made of wood, very old and very dark. There was no electricity, no modern comfort at all; we lived as though living in medieval times. Deep down – the houses of our hamlet stuck to one slope of a narrow valley – roared a river. The slope was so steep that I played one single time with my beautiful red ball: I threw it in the air just once, and then I saw how it jumped down the footpath, the mainroad, and after two or three jumps it disappeared like a frog, a red frog, hopping down through the green grass and hazel-woods. I tried to speak with the girl – I was young, innocent, courageous –, and she tried to answer me. But she spoke a strange language, the dialect of this lost valley, and I understood the goats better than her. I burned. Her heart jumped a little too, when she saw me, I think. So we took care of the goats together, every day, all day long, and sat side by side, cheek to cheek almost, in rhododendrons and flowers which looked like yellow stars. The words are fleeing me, Mary! My girlfriend was always barefoot, she had no shoes, and only today I realize that her parents were simply too poor to buy her any. When the sun went down behind the mountains, we came back with our goats, and I said goodbye to her in front of my house and waited until she disappeared behind the corner of a little church. Before she did so, she turned around and smiled. For some time I still heard her goats. Then I went into the kitchen, where my mother presided over the fire like a witch, cooking our daily pap made of corn. – Outside of the house there was a staircase. When I climbed it, I got into a little room full of broken furniture, dust and cobwebs. It was very scary, but in the middle of the floor was a hole, a hole with a wooden lid, and with the help of a piece of leather which was fastened with a rusty nail I could open the hole and look down into the room below me which was the bedroom of my parents. The bed was exactly in my view. I don't think that I ever saw my father and my mother in it. I had to be in* my *bed when they went to sleep. I only remember the blankets and the pillows, like a flashback. Brown blankets with red ornaments, and white pillows with embroidery. But I was very excited, as if I had made an important discovery. – This all happened during the war, during the years of our war which was a time of peace in my country. The world did not move. Everything remained the way it was. Nobody seemed to breathe. We just waited, mute, our heads between our shoulders. The valley had no road, all traffic was negociated by mule. The smell of the mules, I still smell it. – After the war we went somewhere else during our holidays, to a much bigger village called Schangnau, in the Emmental, where my father had dozens of cousins and uncles, all looking either like murderers or like victims. I never saw my first love again, nor her goats. I still remember her face, her voice, I mean, the voice and the face as they were forty-eight years ago.*[2]

[2] Ich war zwei Jahre älter als Helmut und das Alphatier. Er fragte mich für alles und jedes um Rat. Ob er sich Kickschuhe von Bata oder von Bally wünschen solle. (Als Junge spielten wir zusammen Fußball. Er im einen Tor, ich im andern. Er war so zierlich, daß, wenn er und der Ball zusammenstießen, stets er im Netz zappelte.) – Wir wurden mit seiner Geburt Nachbarn und blieben immer zusammen. Sogar in der WG. Ich habe das vorhin zu erwähnen vergessen. Nur seinetwegen beziehungsweise wegen Mary schrieb ich ja mit den Gehörschutzpfropfen in den Ohren, so gelben Dingern aus einem schaumigen Plastik, denn ich wollte nicht, wenn ich arbeitete, vom Glücksgetöse der beiden unterbrochen werden. Helmut hatte sein Zimmer neben meinem. Hatte, als Mary meine Geliebte war, auch

immer anzüglich gegrinst. – Als Kinder schon waren wir Wand an Wand aufgewachsen. Meine Eltern waren lieb, herzlich, aufmerksam, aber Helmuts Vater, der Mathematiklehrer, hatte jähe Tobsuchtsanfälle, und seine Mutter kreischte und schrie. Türen knallten. Es war schon eine ziemliche Show. Helmuts Mama trug Hüte mit Schleiern vorm Gesicht und strich mir keine Butter aufs Vesperbrot, wenn ich nach der Schule mal bei ihr war. – Ich hielt mir die Ohren zu, während ich zu verstehen versuchte, was dort drüben vor sich ging. Sie stritten sich über Hitler, von dem die Mutter Großes erwartete, während der Vater die russischen Siege feierte, als seien sie seine eigenen. – Helmut nahm alles leicht. Er lachte immer nur. Ich habe nie jemanden getroffen, der so viel lachte. Sogar im Tod wieherte er noch, Ehrenwort. – Irgendwann war die Mutter dann plötzlich weg. Nichts hatte ihr Verschwinden angekündigt. Ich war von den Socken, als ich erfuhr, daß sie sich wegen ihrem Weinen und Schreien in einem Heim erholen mußte. Sogar Helmut schaute für einen Augenblick verstört. Sie war in einer psychiatrischen Heilanstalt, nicht wahr: Aber so durfte ich das auch dem erwachsenen Helmut gegenüber nicht formulieren. Daß sie ganz einfach eine weiche Birne hatte. Er hielt mit einer absurden Hartnäckigkeit daran fest, daß sie normal sei. Gesund. Er brachte seine Diagnose mühelos (mit einiger Mühe, meine ich) mit der unübersehbaren Tatsache unter einen Hut, daß er sie immer wieder in der Klapsmühle besuchen mußte. Er halluzinierte den Wahnsinn einfach weg. – Als Kind wurde er dunkelrot vor Lachen, wenn er mir nach seinen Besuchen berichtete, wie sich die einen für Stalin und die andern für Hitler hielten. Geballte Fäuste die einen, hochgereckte Arme die andern, wenn er wieder ging. Aber seine Mutter war nur ein bißchen traurig und brauchte Ruhe! – Ruhe vor ihm, dachte er wohl. – Einmal begleitete ich Helmut und seinen Vater in ein Sanatorium in grünen Hügeln voller Kühe. Der Vater klingelte an einem hohen Tor aus Schmiedeeisen. Ein Mann mit Militärschuhen und einem blaugrauen Arbeitsgewand kam über einen riesiggroßen Hof geschlurft, wechselte ein paar Worte mit dem Vater, und dann gingen beide den gleichen weiten Weg zurück, der Vater immer ein paar Schritte voraus, auf ein Haus zu, das einer Kaserne glich. Wir warteten und schauten durch die Gitterstäbe in den Hof und in eine Art Garten, wo die Eingesperrten spazierengingen. Manche schrieen, einfach nur so. Einer kam auf uns zu, da flohen wir. Später durfte Helmut auch ins Haus, und ich wartete allein. Ich warf Dreckschollen auf ein altes Männchen, das mit dem Rücken zu mir auf einer Bank saß. – Dann waren Helmut und sein Vater wieder da, und wir gingen ein Eis essen. Der Vater hatte denselben dunkelroten Schädel wie sein Sohn und sagte plötzlich sehr laut in die Stille der Confiserie hinein: »Millionen Frauen gibt es! Und ich suche mir eine verrückte Faschistin aus!« Er hieb sich mit der flachen Hand gegen den Schädel und aß dann sein Eis weiter. – Nach dem Krieg war die Mutter eigentlich völlig normal. Sie machte den Haushalt und kochte. Sie brach nur hie und da in Tränen aus, das schon. Biß in Kissen. Starrte auch oft, immer eigentlich, abwesend in Zimmerecken, wenn Helmut sie was fragte. Hörte einfach nicht hin. Flüsterte vor sich hin, wenn sie sich allein wähnte. Einmal polterten wir in den Keller hinunter, weil wir uns Äpfel holen wollten, und da stand die Mutter auf einem Stuhl und nestelte an einem Seil herum und erschrak so, daß sie herunterfiel und platt auf dem Hintern saß. Wir brachen alle in ein furchtbares Gelächter aus, sie am lautesten. Endlich rappelte sie sich hoch, kam mit uns, und das ganze Zeug – Stuhl, Seil und was weiß ich alles – blieb so liegen, wie es war. Die Äpfel hatten wir auch vergessen. – Helmut konnte nicht allein in Keller gehen, in Speicher hinauf, nichts in der Art. – Später war die Mutter dann noch ein paarmal weg, ohne daß sie uns besonders fehlte. Der Vater war zwar da, wurde aber mehr und mehr unsichtbar. Ich glaube, er trug immer Kleider in der Farbe des Wetters, graue im Winter und grüne im Sommer. – Meine Eltern waren immer noch aufmerksam, herzlich, lieb. Dann starben beide, beinah am gleichen Tag. Auch Helmuts Vater verschwand irgendwie. – Wir wurden erwachsen und gründeten die WG. Helmut führte seine alt gewordene Mutter jeden Mittwoch aus. Sie saßen steif im Venezia und aßen das Beste vom Besten. Helmut schwieg, die Mutter sowieso. Aber wenn sie etwas sagte, verstummte das ganze Lokal. Alle sahen zu ihr hin, die wie die *Queen mother* dasaß und bellte, daß alle Söhne auf Erden sich Tag und Nacht um ihre Mutter kümmerten, nur Helmut nicht. Dieser kam jedesmal kreideweiß nach Hause und brauchte Tage, bis er sich erholt hatte. Die Mutter wohnte immer noch in ihrer Wohnung im Seefeld, neben unserm Haus, in dem längst fremde Menschen lebten. Sie fiel die Treppen hinunter und stürzte vom Balkon, ohne sich jemals zu verletzen. Inzwischen ist sie allerdings auch tot. Sie ruhte sich während einer Wanderung auf den Geleisen der Sihltalbahn aus und wurde überfahren, am Tag, nach dem Helmut zum ersten Mal Mary zum Essen ins Venezia mitgenommen hatte. Nachdem er überhaupt zum ersten Mal seiner Mutter eine Frau gezeigt hatte, die er liebte. Zum letzten Mal. – Aber nun hat er wieder das Wort.

As a child I behaved sometimes in a rather strange way. I mean, I was a happy child, I laughed a lot, but I remember nevertheless that I stood in shady corners for hours, as stiff as a piece of wood, without moving and imagining lost paradises lightened by red suns. Nobody missed me, nobody looked for me. In the nights, I asked for a lamp, just a little bit of light, a candle or some glow-worms in a glass, but the door had to be closed, the curtains had to hang like walls before the windows whose shutters had to be locked. No moon in the nights, no stars looking down from heaven, no sun in the early morning. No birds singing their good-morning-song through the open window. I turned my hair into knots and broke them with a sudden push. It hurted, and I was glad. I banged my fist against my head while I slept. I had bleeding hands be-

cause, for hours and days, I rubbed with my thumb over the skin without noticing it. I had attacks of asthma. I refused to wear adult trousers, ties and jackets until the age of seventeen. I was as small and thin as a pencil and had a high voice for an eternity. I masturbated for the first time when some of my schoolmates already had wives and babies. More or less at least: I felt a rather mature young man and came home from the movies where I had fallen in love with Audrey Hepburn who was a British princess who made a great effort to loose her virginity with Gregory Peck, a poor journalist, and I stood with a burning head in my room as if I had been struck by lightening; I did not understand at all what had happened to me. I could not see the connection with Audrey Hepburn whose beauty obsessed my brain. My first girlfriend in at least a teenage sense of the word (I didn't think any more of my charming companion with the goats) was called Jocelyne, but was not French at all. She was a nice girl who was very small, too. I went to a dancing-school (in fact, the first two or three times my mother had to force me to go there, and the next day I had to show her the new steps which she learned much faster than I had understood them the evening before), and Jocelyne was the girl who became, with the help of God, the one with whom I danced most of the time; and thanks to whom I adored *going to the dancing-school. Perhaps it was love. I mean, we young men were sitting like hungry tigers on one side of a large hall, and the ladies were waiting on the other side to be devoured. We were dressed like middle-class angels, the boys with ties and black shoes, and the girls with white blouses and skirts which went down to their calves. Jeans were not allowed. Or rather, we hadn't ever seen any because in those days Mr. Levi still sold his first prototypes to the gold-diggers of the Far West. – Our teacher was an eighty years old lady who had already been the teacher of my mother and of the mothers of everybody in the room and who, in the meantime, did her job sitting in a wheelchair and with the help of an assistant who herself was a sixty years old lady. When she croaked something which I never succeeded in understanding, like the cry of an old eagle, we all jumped up from our chairs and ran like madmen to the other side of the hall to get the most beautiful, the most lovable girl. Well, I am not Carl Lewis, I was never Jesse Owens, and so I decided very soon, that Jocelyne, my Jocelyne was the most alluring, the most seductive dancer. She looked like a school-girl between vamps and moviestars and was, for this very reason, not the most burning object of the other runners' desire. She was even smaller than I, had blond hair and big blue eyes. She was an excellent dancer. I started to walk her to the tramway station, and she was grateful, because the street of the dancing school – a former shoe factory in a rather ill-famed part of the city – was very dark at night. Later I climbed the tramway with her and delivered her at her home, and when spring came, we walked the whole distance. I babbled and gabbled all the way, and she listened to me very seriously. Big eyes, her mouth half open. She believed everything I said. She was the best listener I ever had. I spoke about whatever passed through my head or my heart, once even about the operas of Richard Wagner which I did not know but which I hated without knowing why. Unfortunately Wagner was the composer whom her father liked most, and so she started to defend his music without knowing why either. – We walked side by side like brother and sister. Sometimes our hands touched one another, just by chance. It gave me a beautiful shock, and when I walked her home for the fifth or rather for the hundredth time I took the risk of taking her hand and holding it. She pressed mine like a vice, a very little one.*

We walked on, hand in hand, with stiff arms, without looking at each other, without breathing.

I stopped chattering. She was silent, too. In the doorway of her house she looked at me with wild eyes, her chest went up and down, and so did mine. I let her hand go and ran to the tramway station, jumping and singing. – Of course the first kiss was not long in coming. Now the swallows were back from Africa, the park smelled again, and we had stopped wearing caps and gloves and coats. I just had my very adult jacket on, and she wore her white blouse. We kissed in the park, the only part of our way home which had bushes and trees and was without streetlights. We had both waited for this moment, because we did not hesitate a second when we arrived at the right spot. We felt invisible, we were invisible, I am sure. My eyes were closed, and hers too, when I opened mine again to look at her. Her face was white in the light of the moon. Her lips were like two sticks, closed, closed with an intense passion. She pressed them as vigorously as she could against mine which were as stiff as hers. While we kissed I fumbled for the buttons of her blouse and later for the hooklets of her bra, and she went on kissing me – in the style of those days – as if she were not aware of my efforts. No help. I fumbled and worked and pulled the hook up and down, and when I finally succeeded there were no breasts at all, not even of the size of a blueberry. I loved her even more for that. I was not a giant either. We were happy the way it was. – We went to the Knabenschießen, a local fair, to the mansion of ghosts and to a very fast carrousel called Mount-Everest-Run. – I cannot remember the end of our love. It was just over, perhaps because the dancing-school was over. At the end there was a competition in the ballroom of the best hotel in town, a five-star-castle, with a real orchestra and a jury. The members of the jury were the old lady, of course, her assistant, the bandleader whose name was Charly, and an unknown man who was announced as the *authority in the field of dancing worldwide. Nijinsky perhaps, inkognito. The parents were sitting at little tables, all except mine, disguised in pink evening-dresses and smokings. Jocelyne and I inscribed for the foxtrot and slow waltz, and while we were eliminated after our first two steps in foxtrot, we were very successful in the slow waltz. In fact, we won the first prize. I got a needle for my tie which I believed to be in solid gold for quite a long time, and Jocelyne got a ring. The secret to win was that we did not behave like dancers who enjoy dancing, but like soldiers or robots. We moved like dumb automats and did not make a single mistake. The world-famous authority, Nijinsky, kissed Jocelyne warmly and promis-*

ed her a great future, and the old lady tried to do the same thing with me, but I succeeded in escaping thanks to the wheel chair which limited her enthusiasm. – On our way home we kissed one more time, perhaps for the last time, which was a pity, because we both had learned, by experience, to open our lips and to let them be as tender as nature had made them.[3]

[3] Mit Jocelyne war es so. Helmut war nach genau diesem Kuß, oder einem ähnlichen – Jocelyne hingeschmolzen, weich geworden – jäh durch die Büsche gebrochen und keuchend verschwunden. Jocelyne sprachlos, verdattert im schwarzen Park. Sie erzählte mir am nächsten Abend alles, immer noch durcheinander und mit den Tränen kämpfend. Wir schlenderten durch denselben Park, sie schluchzte und schnüffelte, und als wir beim Gebüsch ihrer Küsse angelangt waren, küßten *wir* uns. Sie lechzte nach Trost. Ich mußte nicht lange nesteln, sie half mir. Wir waren auch unsichtbar, aber ich glaube, man hörte uns, hörte die kleine Jocelyne, die den Jubel ihrer Erlösung so laut in den Sternenhimmel hinaufschrie, daß die Autos auf dem fernen Boulevard stehenzubleiben begannen. Sie hatte Brüste, übrigens. – Sie war die erste, blieb aber nicht die einzige. Lucia, einige Zeit später, erzählte mir, als wir ein Paar geworden waren, wie sie mit Helmut gelegen hatte, unter ihm bereits, endgültig eigentlich, ihre Arme um ihn geschlungen und die Lippen in seine gewühlt. Aber selbst aus dieser Lage konnte er sich

noch befreien. Lange noch hörte sie, im Unterholz der Wälder des Pfannenstils, das Knacken von dürren Ästen und sein verzweifeltes, immer ferneres Stöhnen. Sie zog sich traurig an und wanderte durch Wiesen und Felder bis zum See, wo sie bemerkte, daß sie ihren Pullover verkehrt herum anhatte. Sie fuhr mit dem Schiff nach Zürich zurück. Helmut kam am nächsten Tag zu ihr und tat so, als sei nichts gewesen. Es war aber etwas gewesen, sie war bei mir gewesen. – Eine dritte schrieb ihm Briefe. »Deine Susi«, schrieb sie am Ende, und »Mein lieber Helmut« am Anfang. Klare Signale. Aber nie besuchte er sie in dem kleinen Dorf, wo es sie hinverschlagen hatte, weil sie Lehrling in einer Gärtnerei geworden war. Eines Tages fuhr ich vorbei, um nach dem Rechten zu sehen, und blieb bis zum nächsten Morgen. Sie war die verrückteste von allen. – Ich kann mir Helmuts Verhalten nicht erklären. Er sah ganz passabel aus, obwohl er eine Glatze hatte und seine Anzüge, teure Dinger in Tat und Wahrheit, aus der Müllabfuhr zu beziehen schien. – Einmal waren wir zusammen an einem Schriftstellertreffen in der Kartause Ittingen beim Bodensee. Es ging, wenn ich mich recht erinnere, um den Dialekt als Schreibsprache, etwas, was ihn von Herzen überhaupt nicht interessierte, und er kreuzte viel zu spät mit einer Frau namens Margarete auf, einer blonden Lyrikerin mit blauen Augen. Sie schienen sehr verliebt, beteiligten sich jedenfalls kein einziges Mal an der Diskussion im Plenum, sondern saßen kichernd in der letzten Reihe. Am Abend, während der ganze Klüngel trinkend und schwadronierend um einen Tisch herumsaß, spürte ich plötzlich Margaretes Fuß auf meinem. Sie sah mich an, fest und tief, während Helmut mit einem bärtigen Hörspielautor darüber stritt, ob es den Druck der Not oder im Gegenteil die Grenzenlosigkeit der Freiheit brauche, um das Beste aus solchen wie uns herauszuholen. Er war für die Freiheit. Endlich, endlich ging er ins Bett, allein, weil Margarete noch ein letztes Glas trinken wollte. Inzwischen saß nur noch der betrunkene Veranstalter mit uns im Refektorium, ein Pater Anselm oder Anton, der uns beinah schreiend erläuterte, daß Gott Dialekt spreche, und wieso. (Weil er ihn verstand, darum.) Als wir vor meiner Zelle standen, stellte sich heraus, daß die Helmuts und Margaretes – in einem Kloster, das einst viele hundert Mönche beherbergt hatte! – direkt neben meiner lag. Nun denn. Wir waren nackt, noch bevor die Tür ins Schloß gefallen war, und vertrauten auf die Dicke der Mauern, die in den alten Zeiten die Lautäußerungen der Anbetung und der Inquisition auch nicht hatten hinausdringen lassen. Margarete liebte mich windelweich, mit einer geradezu sportiven Kraft, und ich weiß nicht, wie sie Helmut gegenüber begründet hat, daß sie erst um fünf Uhr früh zu ihm kam. Sie hatte sich für den Heimweg, zwei Meter fünfzig durch den leeren Korridor, völlig angezogen, so als komme sie direkt aus der Bar. Am nächsten Tag, beim Abschied, gab sie mir wie einem Kameraden die Hand. Zwinkerte nicht einmal. Auch Helmut, freundlich und entspannt, schien gänzlich ahnungslos. – An dem Morgen fiel mir zum ersten Mal auf, daß *alle* meine Frauen zuerst bei Helmut gewesen waren. Nur bei Mary war es dann umgekehrt. Kein Wunder, daß ich ausrastete.

Mary? Mary, my sweetheart? Are you still with me? Don't leave me. Please stay with me in your hammock. Keep my letter in your hands, in your tender hands which I would kiss a thousand times if I still had the right to kiss them. Does John do things like that? Does he kiss*? He looks as if he were a very practical person who knows how to repair a car or a horse, but not, if you'll pardon my saying so, how to kiss the sweet hand of a lady. Mary, o Mary, now, in your rocking-chair, look at the sun, enjoy the warm red light in your face, look at the mountains, if you wish, look at all those rocks and cactus-plants around you, and even, far away, at a kangaroo or a koala who has lost his way home. But don't forget me. I am perfectly aware that I speak of other women, but I do it for you, because of you. I have to do so. I feel strongly that all this is not normal. In fact, I know it isn't. That I have to take a shower three times a day. Without you I would not speak a word of English. I would not even know it, practically. I still do not like it especially, it's often rude and loud, a language of winners, of teenage winners. But I'm hopelessly in love with* your *way of speaking it, your siren-song which would have made Ulysses strong enough to break his ropes. If Hiob had met you, he would have in an instant become a happy man, and he* *would have learned English as fast and as passionately as I have, possibly even without the help of Berlitz. It is* you *I love, you know that. It was at* your *door I knocked ten times a day and even more often during the nights. It was your door against which I pressed my ear to listen if there was any noise on the other side. A whisper, a squeak of the bed. It was* my *head, outside* your *room, who imagined you with another man, not breathing anymore, closing his mouth with your hand and smiling at him who was on the point of bursting into laughter. I didn't hear anything. For days if not for weeks I was sitting in the tearoom opposite your house and watching your door. I hoped to see you coming out, hand in hand with a new lover, skipping along and laughing and kissing the tip of his ear. If I were American, but I am not, I would have had a rifle with me, a gun, and killed all the guests sitting in the tearoom, mostly Japanese tourists, because the tearoom, as you know, is a world-famous (and very expensive) meeting-point of travellers who want to eat a typical Swiss* meringue. *I was the only native there all the time, the only one who did not order a* meringue, *and the waiters looked at me suspiciously. In fact, the tearoom was not exactly opposite your house, but some hundred meters down the street at the corner of Niederdorfgasse, so that I had to keep my head out of the window to overlook your doorway. I never saw you, not a single time. Perhaps because of the distance between me and you, perhaps because of the pains in my neck after some days, but also perhaps because you just were not at home at that time. Did you spend your time with your new man in another place? I imagined you, I confess, the unknown lover and you, kissing, loving, and of course I ordered one cognac after the other, so that it is possible that you might have come from and gone back to your house plenty of times, alone!, and I just did not recognize you. Perhaps I saw two Marys going up the little street and could not make out which one was mine at first glance. I was very unhappy, Mary, my Mary.*[4]

[4] Ich *muß* noch ein Wort über Helmuts Eltern verlieren. Seine Mutter war völlig verrückt und konnte das fast perfekt verbergen. Sie war auf eine schreckliche Weise verrückt. Nicht lustig. Tödlich. Sie verwandelte alles, was ihr nahe kam, in tote Materie. Blumen welkten, Vögel starben. Menschen, die lachend zur Tür hereingekommen waren, vereisten. Aber die äußern Formen des Alltags, des scheinbar herzlichen Umgangs sogar, beherrschte sie wunderbar. Sie lallte nicht etwa blöd, oder sang obszöne Lieder. Also wirklich im Gegenteil. Sie war eine Meisterin der korrekten Form und wußte stets genau, was *man* tat. *Man* aß Fisch nicht mit

dem Messer, und *man* gab dem Boten, der spät nachts noch zwei Würste gebracht hatte, nur ein ganz kleines Trinkgeld, damit er nicht übermütig wurde, mit einer Miene, die (völlig aus der Luft gegriffen) eine Tradition jahrhundertealter Herrschaftlichkeit ahnen ließ. – Sie ging, wann immer sie konnte (sie konnte es nahezu stets) in einem Abstand von einem halben Meter hinter Helmut und redete in seinen Rücken hinein. Sie hatte kein Gefühl für Abstände. Sie war immer zu nah. Wenn sie mit Helmut sprach (immer sprach sie mit ihm, kaum je er mit ihr), stand sie stets so dicht vor ihm, hinter ihm, meine ich, daß er unwillkürlich einen Schritt vorwärts tat. Natürlich folgte sie ihm auf der Stelle, so daß die beiden ein Gespräch am einen Ende einer Bahnhofshalle begannen und es am andern Ende beendeten. Helmut mit dem Gesicht gegen die Wand. – Allerdings beendete sie nie ein Gespräch, so daß sie, genaugenommen, auch nie eins anfing. Sie sprach ununterbrochen. Wahrscheinlich tat sie das auch in der Spinnwinde, in den vielen Heilanstalten, in denen sie immer erneut verschwand und aus denen sie unweigerlich zurückkam. Dort immerhin waren die Mauern um sie herum, der Gummi, die Zelle. Jedenfalls hörte Helmut sie nicht. – Sie sprach so lange, bis Helmut ihr recht gab. Bis er sich bedingungslos unterwarf. Seine Blödheit war, daß er das nie auf der Stelle tat. Man argumentiert nicht mit einem sprechenden Stein. – Sie war kein Stein, sie war ein Tapir, ich meine, sie sah wie ein Tapir aus, wenn sie mit ihrem langen Rüssel, den sie selber für eine römische Nase hielt, hinter Helmut dreinschnüffelte. – In Wirklichkeit war sie ein Vampir, der Helmut leersaugte. Nichts mehr war in ihm, kein Blut, kein Herz, kein Hirn. Keine Ahnung, woher *er* dann wieder seinen Lebenssaft holte. – Mir konnte sie nicht gefährlich werden. Für mich war sie einfach eine dumme Kuh, der ich aus dem Weg ging. Aber für ihn! Was litt er! Jede Menge Fensterstürze kündigte sie ihm an, nur damit er ihretwegen alles stehen und liegen ließ, zum Beispiel Frauen, mit denen er gerade war, die er liebte und die, wenn er zurückkam, verschwunden waren. Oft für immer. – Die meisten Menschen allerdings hielten den Vater für verrückt, nicht die Mutter. Nun, er war auch nicht ganz dicht, weiß Gott. Aber seine Verrücktheit war eher, daß er nicht im geringsten verstand, was ihm da zustieß, diese bescheuerte Frau und all das. Er hatte eigentlich nur ein ruhiges Leben führen wollen, einen mathematischen Beweis für das Perpetuum mobile finden oder so was, und hie und da ein Glas Wein trinken. – Es wurde ein bizarres Paar aus den beiden. Er haßte die Frauen (riet seinem Sohn heftig von ihnen ab), sie fand das Männliche schrecklich und wollte ihren Sohn (in einem Paradoxon, das sie nicht störte) in nichts Weibliches verwickelt sehen. Verrückt, ich sagte es schon. – Kein Mensch weiß, wie und wieso Helmut gezeugt wurde, aber alles kann man nicht wissen. Immerhin gab es keinen Bruder, keine Schwester. Dieser eine Geschlechtsverkehr schien den beiden Eheleuten genügt zu haben. – Nie auch hatten sie irgendwelche Beziehungen zu anderen. Sie waren einfach zu Hause und schrieen sich an, so lange, bis der erste tot war. Natürlich war das der Vater. – Allein geblieben war die Mutter tatsächlich etwas leiser. – Viel später legte sie sich unter die Sihltalbahn, und Helmut, der bis zu *seinem* Tod daran festhielt, daß es ein Unfall gewesen sei, begrub sie. Er hielt sogar die Grabrede, vor einem Häufchen Getreuer: drei greisen Schulfreundinnen, einem alten Mann, der zu jeder Beerdigung auf dem Friedhof Rehalp ging, und mir. Sie hatte keinen Pfarrer gewollt (ein weißer Fleck in ihrer Verrücktheit), einfach nicht, und kein anderer Mensch auf dieser weiten Welt, ich schon gar nicht, hatte sich bereit erklärt, die Grabrede zu halten. So tat er es. Er stand so nah an der Grube, daß ich fürchtete, er falle bei einem unbedachten Schritt hinein. Eine der Schulfreundinnen weinte. Ich weinte zwar nicht, dachte aber, daß Helmut, mein Freund Helmut, ein kapitales Arschloch sei, ihr sogar nach ihrem Tod noch aus der Hand zu fressen. Ich sagte es ihm auch, in genau diesen Worten. Er verstand mich nicht, zum Glück vielleicht, denn es war spät abends inzwischen, und wir standen heftig betrunken am Tresen der Simplon-Bar, in der wir gelandet waren, nachdem wir eine der Freundinnen zur Bahn begleitet hatten. »Du blöder Idiot!« schrie ich ihm in die Ohren. »Sogar am Grab der Mutter noch das Maul aufzureißen!« Helmut sah mich an und ging zur Juke-Box, worauf diese *As time goes by* spielte. Er drückte die Nummer dann noch etwa zwanzigmal.

Don't think, Mary, Mary, please, don't think that I am, that I was always a helpless spastic with women. The kind of fool I was with you. That I have always been like this. No. It is not as easy as that. I don't always panic. I did not panic with you. I was simply wrong. I was happy the way it was. Of course it is true that the first woman who made love with me, long ago, did it just once, one single time, and that was it. She fell in love with me a little bit, the way I see it now, just for one little evening, and she couldn't imagine of course that I was a novice in the matter. So she was not aware of all my hesitations – nor was I, by the way –, and gave me no chance to say »No« or to run away. So, in no time I had lost my virginity. THANK THE LORD. *I had met her (long black hair, a nose like Pinocchio) in a little town called Pietrasanta, in Italy, where I had stopped because I wanted to visit the marble quarries of Carrara. Where Michelangelo found the marble to create David. And the first story she told me was a joke about Michelangelo, an anecdote, namely, the pope, one of those Medici of course, asked him, if it had been difficult to sculpture this huge hero. Not at all, Michelangelo said. You just take a square block of marble and cut everything away which does not look like David. I laughed like a hysteric, and she seemed to be very pleased with her success. Her name was Antonia. When I met her, she came out of the post office and asked me the time. Two thirty. Two hours later – it was four thirty then – I met her again, in front of a* caffè *this time, and I said »Hello!« and »You again?«, and we drank a San Pellegrino amaro, and two more hours later – six thirty – I was in her room, and she was nude and so was I, and we made love as if we had done it for years together. »Più profondo!« she screamed. – I looked that up later in my pocket Langenscheidt, when I was on the road again. – Anyway, at eight thirty she still lay on her sheet, happy, smiling, her arms below her neck, with enormous breasts and a real black forest between her legs, and told me, that never, never it had been as thrilling as with me. She was engaged, but her fiancé was on a battleship because he was an officer of the Italian Navy. She asked me if I had a bride. I said »Yes«. It had been the first time, and she had not noticed it at all! I left her as if I were leaving heaven. It had been so easy! I went to my room in a little hotel, a kind of ruin without water and electric lights located in a narrow street in which huge trucks made a terrible noise during the whole night. It did not disturb me at all. I slept like an angel, like Michelangelo, if you accept the pun, or no!, I did not sleep at all of course, because I was much too happy to sleep, to waste my lifetime in silly dreams. I lay on my bed, in my pyjama this time, my arms below my head, and saw the film of our love again and again. I saw her face. I felt her kisses. I heard her voice. I smelt her smell. But the next day, when I met her again, she had completely changed. She was surrounded by laughing girl-friends and treated me like an enemy, as if I were a complete idiot. She laughed at me because of my accent, because I did not look like the natives. She looked pretty, o yes, sitting there with her friends in a white blouse and a blue skirt, overwhelmingly seductive, the way a woman looks to a man who a few hours before has seen her in her most secret transports. But, with her nose, she was not Cleopatra either. If you see what I mean. I had no more right to touch even her hand, to speak to her, to pay her coffee. »Get lost!« she shouted. The girls looked, silent. But I stayed in my horrible hotel and began to hate the trucks which – at least most of them – had their exhausts on the top of the drivers' cabins, like periscopes of submarines, exactly at the level of my window which was on the second floor, so that, when I looked down to the street, my head suddenly disappeared in a stinking black cloud. I went to the quarries of Carrara and looked down again, into deep precipices this time, down at the workers who looked like ants. During the nights I stayed outside of Antonia's house and looked up to her window, her lights, which burned and burned, and in the third night a man with a white uniform went into the house and did not come out anymore, although I stayed the whole night hidden behind a garbage can. There were no lights behind the window anymore. I did not hear a whisper. When the sun rose, I went to my hotel, took my bag, walked out of the town and stopped one of those trucks which brought me as far as to Rome, where I jumped out on a square surrounded by statues. I sat down on the feet of one of those giants and began to cry. Cried and cried, for hours, I think.*

I stayed in Rome for several months. I worked for a travel agency and had to fetch sleepy students at the airport of Fiumincino at 3:50 a.m. and to bring them to their hotel. There was always one student too many. Thousands of them slept on my couch. It was the most unhappy time of my life. I mean, Mary, Marymarymary, you know me, I have always been somebody who takes life easy: always, except during those months in this cruel city which looks like one of the seven wonders of the world. – When I was a child, vulcanos could break out, neighbours could be drowned in oceans of tears, houses could tumble down: Singing happily, I always found my way through everyone else's desasters. »Not to me!« I hurled into the face of destiny. »Not to me, do you check that?!« I have seen uncles with red faces, tears running down their trembling chins like waterfalls. Aunts banging their heads against the walls of their rooms. More than one cousin standing on the top of the roof of their houses and looking at parents and firemen deep down in the street below them, waving their arms in panic, shouting unintelligible adjurations, holding huge sheets to save their lifes. Me, I always had my islands of luck in these oceans of unhappiness. For hours I played my mouth-organ. I was a master of the blues (my favorite was Georgia on my mind*) and had a technique invented by myself which prevented me later, when I met other amateurs of this instrument, to play together with them, because I played always half a note higher than they, due to my idiotic habit of pushing the bar of my chromatic instrument all the time and letting it go only for the half-notes. Of course the other way round is the correct way to play: you push the bar, when you have to play a C sharp, and you forget it for the rest of the time. – So I was alone again. – In this terrible city of Rome I tried to become a writer and spent my days – after I had left my students – on a bench in the Pincio park, a pile of paper on my knees, a pencil in my right hand. I wrote a kind of love-story, childish scenes which should prove to my future readers* *that I was an expert in screwing women of all ages and sexes, and utterly discrete nevertheless. When I looked up from my inventions, men and women in flesh and blood walked hand in hand between cypress trees. They kissed and looked very happy. Everybody except me was the lucky proprietor of a Vespa or a Lambretta. Dogs everywhere. The sun was shining, the sky was blue, and far away I heard the Roman traffic like the sea running against a shore. I threw the novel away. In this town, where everybody is shouting day and night, I knew nobody. Not a lost soul. For days I stayed mute, and if I had not had my job which forced me to argue with flight managers and hotel keepers, I would have become as speechless as Mr. Kaspar Hauser, whom, Mary, my love, you happily don't know. He is dead. You would not have liked him for sure, because he was not at all the kind of Jewish intellectual you like most and who I am not either. John, is he? – Later I waited for hours in front of the* Istituto italiano per gli stranieri, *where foreigners took lessons in Italian, and succeeded in inviting three or four young ladies to drink coffee with me. One of them, an Austrian from Linz who wanted to become a stewardess of Alitalia, even followed me to a nightclub, which was called* Bluenote, *like the world-famous* boîte de nuit *in Paris.*

But in the Bluenote *of Rome there were just young students who played like Charly Parker or Thelonious Monk, minus their talent and technique. The music was loud and chaotic. We danced cheek to cheek. I left the money of a whole month in the claws of a waiter who didn't say Grazie. But at her door, round about midnight, she kissed me hastily and vanished like an elf. I went home and did not even masturbate. It wasn't worth it anymore. – One evening I had met a huge German woman, Hildegard, a cello-player, and I could not believe my eyes, but she really climbed up to my room, without the slightest hesitation and speaking and laughing as loudly as a truck-driver – two meters twelve in hight and about the same in diameter round her breasts and backside –, and we sat down on my bed and talked and kissed a little bit, her throat suffocating me, and I had an orgasm while she was still making some kind of conversation. We were still completely dressed. I was so ashamed of myself, I felt so lousy, that I jumped up and insisted on walking her home* now. *Of course she did not understand why, why this sudden change of my mind, but she was docile, anxious even, fearing an unknown danger of which she never had heard before in her life. We walked and walked, I and my Matterhorn. She lived on the other side of the town (of course there was no more bus), and when we arrived at her house, the sun rose over San Angelo, far away, and Hildegard was not fearful anymore, but angry and disappointed. She did not say good-bye and banged the door so vigorously, that I felt grateful, happy almost, because she had not knocked me down before leaving me.*[5]

[5] Helmut mußte man die Wahrheit stets direkt ins Gesicht sagen. Schreien. Anders ging es nicht. Anders hörte er nicht zu. So war es zwar vielleicht keine allzu glückliche Idee von mir gewesen, mit ihm vom Verschwinden seiner Mutter zu reden. Aber wer macht nie einen Fehler? Er selber war ja für Wochen, für Monate weg gewesen, ohne sich zu verabschieden oder mir eine Nachricht zu hinterlassen, so daß ich mir regelrechte Sorgen zu machen begann und endlich sogar zur Polizei ging. Das Fernsehen sendete unmittelbar vor der Tagesschau eine Vermißtenanzeige, ein Foto von ihm, auf dem er ungeheuer glücklich aussah und Mary, die ihn ebenso anstrahlte, irgend etwas Lustiges zu erzählen schien. – Mary hatte ich allerdings weggeschnitten. – Das Fernsehen oder die nächstgelegene Polizeistation kriegten keinen einzigen Hinweis. Bei mir dagegen meldeten sich sowohl Jocelyne als auch Lucia, beide immer noch irgendwie verliebt klingend. Lucia weinte sogar und sagte unter Tränen, sie habe immer gedacht, daß er sich eines Tages was antun werde. Er sei so sensibel. »Ich bin auch sensibel«, schrie ich in den Hörer, für mich selber überraschend laut, und als ich

wieder zu mir kam, zu Lucia, hatte diese aufgehängt. – Als Helmut dann tatsächlich wieder auftauchte, an einem frühen Maienmorgen, hatte er eine lange Befragung durch die Flughafenpolizei hinter sich, die ihm seine Mär – er habe eine Erholungsreise gemacht, so was sei doch erlaubt, und hier seien die Tickets – abnahm, so wie ich zu Beginn auch. Ich schimpfte ihn aus und ging dann zur Tagesordnung über. Auch er tat wieder das Übliche, das für ihn Übliche, ausschlafen und rumgucken und spazierengehen und so. An jenem Abend – er war seit drei, vier Wochen zurück, würde ich meinen – setzte ich, wie immer, die Gehörschutzpfropfen ein, als ich mich an die Schreibmaschine setzte. Ich hatte mir das angewöhnt, konnte nicht mehr ohne sie arbeiten, auch wenn längst kein Lachen mehr durch die Wände drang, jedenfalls nicht das Marys. Ich schrieb an meinem Stück. Aber irgendwann später, gegen Mitternacht vielleicht, hielt ich es nicht mehr aus – die Heldin, die zukünftige Milliardärin, lag immer noch auf der Bühne, der Geliebte kam und kam nicht, und mir kamen keine Dialoge –, nahm die Stöpsel heraus und ging in die Küche, um ein Bier zu trinken. Helmut saß allein am Tisch. Eine Batterie ausgetrunkener Flaschen stand vor ihm, wie zu einer Parade angetreten. Der Kühlschrank stand offen. Ich sah Helmut an. Er schaute zurück, mit einem Blick, der etwas von einem Bernhardinerhund hatte.

»Hast du alles Bier ausgetrunken?« sagte ich etwas zu laut, weil die Gewohnheit, Plastikstöpsel in den Gehörgängen zu tragen, meinen Sinn für das richtige Stimmvolumen angegriffen hatte. »Alles?«

Er nickte.
»Und wo ist Mary?« schrie ich. »Weggelaufen unterwegs, was?«
Er nickte erneut, hob eine der leeren Flaschen an die Lippen und saugte an ihr. Ich setzte mich ihm gegenüber und sah ihm zu, wie er sie enttäuscht zu den andern zurückstellte, in Reih und Glied. Er sah anders als vor seiner Reise aus, hatte wirre Haare, eine Haut wie dunkles Leder und Muskelpakete an den Oberarmen.
»Soll ich dir sagen«, brüllte ich, plötzlich in Fahrt, »wieso dich alle Frauen sitzen lassen? Soll ich dir das sagen?«
»Nein«, sagte er. »Warum schreist du so?«
Er sah müde aus, vielleicht wegen Mary, vielleicht einfach, weil es schon spät war, vielleicht natürlich auch, weil am Abend zuvor Octavio Paz, der Nobelpreisträger, bei ihm gewesen war und sie beide die halbe Nacht hindurch geplaudert hatten. Ich hatte ihre Stimmen gehört, bis nach vier Uhr, und auch, wie Paz, der alte Herr, aufbrach und im Korridor über meine Sporttasche stolperte, denn ich gehe jeden zweiten Abend in ein Fitness-Center. Er tat sich aber offensichtlich nicht weh, denn nach einer Schrecksekunde – für ihn und für Helmut, nicht für mich, der ich hellwach im Bett lag – lachten die beiden wie über einen gelungenen Bubenstreich. Ich weiß nicht warum, ich habe mehr als zwanzig Romane geschrieben: aber die Octavio Paze kommen zu Helmut, von dem es genau zwei Bücher gibt – ja, und jenes Theaterstück –, verquere Texte, aus denen keine Sau klug wird und die in einem obskuren Klein-

verlag in der Nähe von Frankfurt erschienen sind. Er kennt sie alle, die Kerle, neben Paz, seinem letzten Spezi, auch Malerba und Artmann und Vonnegut. Nur zum Beispiel. Einmal schlich ein bleicher Jüngling mit frühweißen Haaren um fünf Uhr früh aus seinem Zimmer, ziemlich betrunken, den ich im Verdacht habe, Thomas Pynchon gewesen zu sein. Jedenfalls glich er dessen Foto, schattenhaft. Zu mir kam niemand. Wenn die berühmten Besucher mich zufällig im Flur trafen, grüßten sie mich so, als sei ich ein Rentner, der auch im Haus wohnte, und mir wurde klar, daß die ganze Nacht über, während all dieser Gelächtersalven, mein Name kein einziges Mal gefallen war.

»Weil deine Mutter«, schrie ich, »weil dich deine Mutter verlassen hat! Sie hat dich ins Bett gebracht, und am nächsten Morgen war sie weg für immer!«

»Von wegen«, sagte Helmut.

»Ich weiß es«, sagte ich und langte meinerseits nach einer der Flaschen, in der ich einen Rest Schaum entdeckt hatte. »Du hast bei uns gewohnt, monatelang. Hast du alles vergessen? Dein Vater konnte sich nicht um dich kümmern. Er war selber aus den Fugen.«

»Bist du verrückt geworden?« rief Helmut, seinerseits plötzlich laut. Er sprang auf, rannte aufs Klo und schloß ab, was sonst keiner und keine in unserer Gemeinschaft tat, nicht einmal die prüde und wohlerzogene Rose. Nach einer Weile hörte ich ihn singen, brummen, etwas, was wie *Georgia on my mind* klang.

»Nein!« brüllte ich quer durch die Wohnung. »Ich nicht!«

Seine Mutter war mit immer starreren Augen durch alle

Zimmer geirrt, hatte immer länger immer abwesender aus den Fenstern geblickt, hatte immer öfter zischelnde Auseinandersetzungen mit einem oder einer Unbekannten geführt. Der Vater zusehend, wegsehend, hilflos. An einem Tag passierte irgendwas, ich weiß auch nicht mehr was. Vielleicht hatte Helmut ihr im falschen Augenblick einen Kuß geben wollen. Jedenfalls wurde sie von zwei Männern in ein Auto geführt, schluchzend, gebeugt, mit einer Wolldecke über den Schultern. Es war mitten in der Nacht. Ich war von den Stimmen auf der Straße, die leise sein wollten und um so lauter hallten, aufgeweckt worden und stand am Fenster. Der ahnungslose Helmut lag im Tiefschlaf oder stand, wie ich, hinter seinen Vorhängen, schreckensstarr. Jedenfalls kam er mitten in der Nacht noch zu uns – ja, so war es gewesen –, für viele Monate, und meine Mutter kochte für uns alle. Mein Vater brachte auch Helmut kleine Geschenke mit, wie es seine Art war. Mal ein Stück Süßholz, oder ein kleines Spielzeugauto. Helmut stand dennoch stundenlang am Fenster und sah zur Straße hinunter, in der seine Mutter nicht auftauchte.

»Willst du im Scheißhaus übernachten?« brüllte ich zum Klo hinüber.

Ich kriegte keine Antwort. Aber das Singen hörte auf – vielleicht war es doch eher *Greensleeves* gewesen –, die Spülung rauschte, und der Schlüssel drehte sich im Schloß. Genau in diesem Augenblick sah ich den Brief. Er steckte in der Tasche von Helmuts Jacke, die über einem Stuhl hing. Ich nahm ihn raus, einer Einflüsterung meines Warnengels gehorchend, und las die

Adresse. Mrs. Mary Hope, Akwerkepenty-Pu, AUS 78777 Nosucks, Australia. Der Brief war mit Marken vollgeklebt.

»Gib das her!« schnaubte Helmut, der jetzt wie ein schwankendes Gebirge vor mir stand. »Gib das sofort her!«

»Wieso schreibst du Mary nach Australien?« rief ich. »Wieso ist sie in Australien?«

»Weil«, sagte Helmut.

»Ich dachte, ihr seid zusammengewesen all die Monate, auf eurer Reise!«

»Sind wir aber nicht.« Er versuchte, nach dem Brief zu greifen, den ich mit beiden Händen umklammert hielt. Er schaffte es nicht und erwischte statt dessen die Bierflaschen, die eine nach der andern ihre Ordnung aufgaben und auf dem Steinboden zerklirrten.

»Gib den Brief her«, sagte er, sich vom Boden aufrappelnd, und sah plötzlich überhaupt nicht mehr betrunken aus. Er hielt den Hals einer Bierflasche in der Hand.

»Ich denke nicht daran.« Ich stand auf. »Mary ist *meine* Brieffreundin.«

In der nächsten Sekunde waren wir ineinander verknäuelt und schlugen mit allem, was wir in die Hände bekamen, aufeinander ein. Zum Glück, zu seinem Glück, war ihm der Flaschenhals schon wieder entglitten. Er hätte ihn zum Mörder machen können. Wir wälzten uns keuchend in den Scherben und merkten kaum, daß der Tisch umstürzte und die Kühlschranktür abbrach, weil ich Helmut, nein, weil er mich zu heftig gegen sie drückte. Mein Gesicht lag im Eierfach und wurde immer flacher. Dann weiß ich nicht mehr genau, wie das alles weiterging. Jedenfalls waren plötzlich alle aus der Wohngemeinschaft da, in ihren Nachtgewändern, barfuß. Susi, die wieder ihr Tigerding trug, hatte Helmut am Kragen, und ich steckte im Schwitzkasten der sanften Rose. Rudolph hatte wieder seine bleiche Freundin bei sich, die in ein Leintuch gewickelt war und uns anstarrte, als tue sie ihren ersten Blick in die Abgründe der Hölle, und die er vor uns schützte, indem er hinter ihr stand und beide Arme um sie hielt. Holger hatte die Kühlschranktür in der Hand. Fritz glotzte. Wir rappelten uns hoch und standen keuchend da, ich gegen den Geschirrschrank gelehnt, Helmut gegen Susi, die nun ihre Arme um seinen Hals geschlungen hatte und schluchzte. Noch eine, die heimlich auf ihn stand? Er jedenfalls streichelte sie geistesabwesend und schob mit den Füßen ein paar Scherben weg. Erst jetzt sah ich, daß auch er barfuß war. Blut überall.

»Was ist denn mit euch los?« sagte Rose.

»Nichts«, sagte ich, immer noch keuchend. »Eine Meinungsverschiedenheit.« Ich spürte, daß mein linkes Auge auslief, und faßte entsetzt mit der Hand in mein Gesicht. Das auslaufende Auge war ein Ei. Aber weh tat es trotzdem.

»Er ist ein eifersüchtiges Arschloch«, sagte Helmut. »Einer mußte es ihm klarmachen.«

Die völlig entnervte Gesellschaft brachte uns zu Bett. Für mich waren Rose, Rudolph und das bleiche Mädchen zuständig. Sie legten mich auf meinen Schragen, deckten mich zu und löschten das Licht. Ich wartete darauf, von Rose und vielleicht sogar von der Bleichen einen Kuß zu bekommen, allerdings vergeblich. Als sie gingen, kam das andere Kommando aus dem Zimmer von Helmut. Wahrscheinlich hatten sie ihn ans Bett gefesselt, oder Susi hatte sich auf ihn gelegt. So genau wollte ich das nicht wissen und steckte die Gehörstöpsel in meine Ohren. Es tat scheußlich weh. Mein Kopf dröhnte. Ich schlief trotzdem ein und wachte spät am Morgen auf, so spät wie sonst nie. Die Wohnung war totenstill. Sicher waren alle längst bei der Arbeit. Ich preßte das Ohr gegen Helmuts Tür, seinen Todesatem zu hören oder das Stöhnen Susis, und hörte statt dessen, wie seine Schreibmaschine klapperte. Er schrieb im Tempo eines Reiters, der einen fröhlichen Morgenritt tut. Das war mir zuviel. Ich sah nicht in die Küche hinein – der Traum, jemand könnte sie aufgeräumt haben, war zu unrealistisch –, packte das Allernotwendigste in die Tasche, mit der ich sonst zum Fitneßtraining ging, und fuhr zum Flughafen. SR 899 blinkte bereits an der Anzeigetafel. Ich kaufte eine Flugkarte – eurocard, *you know* – und sprang als letzter durch den langen Korridor, der zum Flugzeug führte. Eine rappelvolle DC 10. Keuchend schon wieder saß ich zwischen einer Rucksack-Touristin mit Sommersprossen und einem Mann eingeklemmt, der eher wie ein Goldgräber aussah. Die Maschine hob ab, und ich holte Helmuts Brief hervor. Riß ihn auf und las. Las und las und versuchte zu begreifen, was er da schrieb, und wieso er es auf englisch tat.

Dann dämmerte ich ein und fuhr jäh in die Höhe, hellwach, denn ich wußte plötzlich wieder, wieso die Mutter damals verschwunden war, verschwinden mußte, ohne Abschied. Sie war, überschwemmt von einem unbekannten Unglück, um Mitternacht ins Zimmer Helmuts geschlichen und hatte versucht, ihn mit einem Kissen zu ersticken. Aus irgendeinem Grund war der Vater mißtrauisch geworden und hinter ihr dreingegangen, und also stürzte er sich auf die blindverrückte Frau, unter deren wahnsinnigen Händen sich der Sohn wand, versuchte sie, die Bärenkräfte entwikkelte, wegzureißen, schrie und brüllte so laut, daß mein Vater im Nebenhaus aus dem Bett sprang, hinüberstürzte und half, die Tobende zu bändigen. Helmut ratlos im Bett sitzend, nach Atem ringend. Während mein Vater telefonierte, stand der Helmuts verloren neben der Mutter, die in einen Stuhl gesunken war, das Gesicht in beiden Händen verborgen hielt und schluchzte. Helmut starrte seine Mörderin an, seine Mutter, sein Liebstes. Es dauerte ewig, bis der Wagen kam. Niemand sprach ein Wort. Das einzige Geräusch während einer Stunde oder so war das leise Weinen der verrückten Frau. Hie und da knurrte Helmuts Vater. Meiner saß neben Helmut, fragte sich, ob er rauchen dürfe, und tat es dann nicht. Ich stand am Fenster, denn nicht das Auto mit den zwei Männern hatte mich geweckt, sondern das Geschrei im Nebenhaus. Ich war es gewesen, der ins Elternschlafzimmer gestürzt war und um Hilfe gerufen hatte. Mein Vater rannte im Pyjama aus dem Haus, während die Mutter mit mir blieb. Meine Mutter hielt mich an sich gedrückt. Endlich kamen sie aus dem Haus, der ganze Festzug, ein Arzt, ein Sanitäter in einem weißen Kittel, die beiden Väter und Helmuts Mutter, die gebückt ging, eine Wolldecke um die Schultern hatte und immer noch weinte. Sie stieg als erste ins Auto. Helmuts Vater folgte ihr. Dann kam der Arzt. Der Pfleger setzte sich ans Steuer. Es war kein Krankenwagen, sondern ein ziviles Fahrzeug mit einem Holzvergaser. Ein Chevrolet, glaube ich. Auf dem Trottoir blieb mein Vater zurück, dem wegfahrenden Transport nachsehend, als ob er winken wolle. Dann verschwanden die roten Rücklichter. Der Vater sah plötzlich ein bißchen seltsam aus, so allein im Pyjama auf der Straße. Er schien das selber zu bemerken, ging schnell ins andere Haus und kam mit Helmut zurück, der seinen Teddybär unter den Arm geklemmt hatte. Den Teddy oder eventuell seinen Stoffneger, denn wir beide hatten einen Stoffneger, er einen mit einer orangen Jacke und ich einen mit einer grünen. Er kriegte ein Lager auf einer Matratze neben meinem Bett, und statt zu schlafen, sprachen wir die halbe Nacht hindurch, den Rest dieser furchtbaren Nacht, und glucksten bald vor Lachen.

Die Maschine landete sekundengenau um 06:30 a.m. auf dem Flughafen von Sydney. Ich versuchte an allen Kiosks eine Karte von Australien zu kaufen, vergeblich, und kriegte eine, ohne gefragt zu haben, als ich am AVIS-Schalter ein Auto mietete. *You know,* mastercard. Sie war allerdings eher eine Art Handzeichnung, und Nosucks war natürlich nicht auf ihr verzeichnet. Auch der AVIS-Mann hatte keine Ahnung. Er verwies mich an einen alterslos aussehenden Zwerg, der mit einem Besen und einer Schaufel Zigarettenstummel einsammelte und mein erster Eingeborener wurde. Der erste von diesen seltsamen Aborigines, die aussehen, als habe die Evolutionsgeschichte sie während zwei Millionen Jahren übersehen und sie dann, als sie ihrer inne wurde, hastig in moderne Kleider gesteckt. Der Mann wußte auch nicht, wo Nosucks lag, konnte mir aber auf Anhieb sagen, wo Akwerkepenty wohnte, beziehungsweise sein Herztraum. Er summte mir das Lied vor, dem ich zu folgen hatte. Auf der Karte, der Handzeichnung, fühlte er sich weniger sicher. Drehte sie ratlos hin und her. Aber er konnte mir immerhin die Himmelsrichtung angeben: hinter dem Qantascheck-in. Ich bedankte mich. Noch so ein Irrer. Fuhr los – ich hatte einen fabrikneuen Datsun gekriegt, der allerdings keine Klimaanlage hatte; aber das bemerkte ich erst später – und wollte zur Berlitz School, weil die dort sicher einen Geographen beschäftigten und weil ich dort vielleicht sonst eine Spur fand. Vielleicht gaben sie mir Marys Geld mit. Aber als ich an einem kleinen Park voller Palmen vorbeifuhr, hörte ich plötzlich, und nicht aus dem Radio!, in mir drin!, die seltsame Melodie, die der graue Zwerg mir vorgesungen hatte. Mal stärker, mal leiser. Ich folgte ihr, die sich allerdings nicht an die Verkehrsadern hielt, so daß ich sie manchmal ganz verlor und auf Querstraßen nach ihr suchen mußte, bis ich sie wieder hörte, sekundenschnell, wenn ich über sie hinwegfuhr. Ich brauchte fast den ganzen Tag, um aus der Stadt hinauszukommen. So eine Songline geht quer durch Shopping-Centers und über Friedhöfe. Außerhalb der Stadt wurde es einfacher. Entweder war ich drauf oder nicht. Wenn ich anhielt, dröhnte die Melodie geradezu. Wenn ich allerdings fuhr und Steine gegen das Chassis schlugen, mußte ich die Ohren spitzen. Ich fuhr ja kaum einmal auf einer Straße. Nicht einmal auf Feldwegen. Ich rumpelte und schwankte quer durch hohes Kraut, das sich mit einem sanften Rauschen zur Seite neigte. Fuhr in Löcher und kratzte über Steinklötze hinweg. Hie und da stöberte ich einen Vogel Strauß auf, anderes Getier, das in stummer Panik davonstob. Wenn ich zu einer Menschensiedlung gelangte, fragte ich, wen immer ich erwischte, nach meinem Ziel, denn ich hoffte nach wie vor, auf konventionelle Art nach Nosucks zu gelangen. So wie man das bei uns täte. Zuerst auf der N2 und dann rechts ab auf die B46, zum Beispiel. Aber ich erntete stets nur ein Achselzucken. Sogar daß ich quer durch die Kakteen zu ihnen gekommen war, verstörte diese grauen Einsiedler nicht im geringsten. Sie zeigten mit den Daumen über ihre Schultern hinweg auf die fernen Berge. Bei meinem letzten Halt – in einer grünen Talsenke, mit einer Hütte, um die herum Schweine und Schafe grasten – erklärte mir eine alte Frau endlich, warum Mary und ihr John so hießen, wie sie hießen. Was das bedeutete. Ich stand an meinen Datsun gelehnt, der längst wie die Landschaft um uns herum aussah. Rostrot, zeitlos. Auch ich war rot geworden. Ich hatte ein Zwölferpack Coca-Cola bei mir, das in den Büchsen so sehr kochte, daß die Laschen von selber aufsprangen. Zischende Colafontänen alle paar Minuten. Ich schwitzte Bäche. Nur die alte Frau schien die Hitze überhaupt nicht zu bemerken. Ja, das weit reisende Kind komme zuweilen hier vorbei, sie wohne ja an seinem Weg, und das letzte Mal sei auch seine neue Pu dabeigewesen. Sie gefalle ihr besser als die vor ihr. – Mehr war nicht aus ihr herauszukriegen. – Doch, einmal sei einer wie ich, ein Nicht-Aborigine, vorbeigekommen, zu Fuß allerdings und ohne innezuhalten, und nach vielen Monden sei er in umgekehrter Richtung geschritten, wieder ohne zu grüßen. – Ich fuhr weiter, immer mit der alten Weise in den Ohren. Ich konnte sie kaum mehr ertragen. Das wurde leichter – oder schwerer, wie man's nimmt –, als ein Felsbrocken, den ich übersehen hatte, den Auspufftopf wegschlug, so daß der Datsun fortan wie ein startendes Flugzeug klang. Ich hörte nur noch den Motor und mußte alle paar Meter anhalten, um meinen Weg zu orten. Gegen Abend war ich in den Bergen. Das Lied, mein magischer Weg, führte einem Bachbett entlang, in dem das Auto schlingernd vorwärts kroch. Als es dunkel wurde, legte ich mich auf den Rücksitz. Am nächsten Morgen aß ich mein letztes Essen, ein halbes Sandwich und einen Schokoriegel, der, weil er am Tag geschmolzen und in der Nacht wieder hart geworden war, wie ein Kuhfladen aussah. Ich sah mich um. Das Bachbett führte in eine enge, steil aufwärts führende Schlucht hinein. Sand, Steine, hie und da ein staubiges Gebüsch, das über Abgründen hing. Große Vögel am Himmel, Aasgeier vermutlich. Der Datsun sah aus, als habe jemand, und zwar stundenlang und begeistert, mit einem Vorschlaghammer auf ihn eingeschlagen. Die Melodie war immer noch da. Aber durch die Schlucht kam ich endgültig nicht. Also fuhr ich rückwärts bis fast zur Hütte mit der alten Frau zurück und fand tatsächlich eine Straße, die sogar asphaltiert war und in die Berge hineinführte. Zehntausend Kehren. Ich kam auf eine Paßhöhe, von der aus ich ins Gelobte Land auf der andern Seite hinuntersah. Wüste, Wüste, Wüste. Die Melodie war natürlich weg. Ich fuhr bergab – nicht *ein* Auto war mir entgegengekommen – und rumpelte, als ich unten war, erneut in die Steine und Kakteen hinein. Ich mußte ja meine Melodie wiederfinden. Obwohl der Motor nun noch lauter war, als explodiere er gleich, hörte ich sie nach wenigen Minuten. Sie dröhnte nun auch. Ich folgte ihr wie ein Pilot, der nicht weiß, wo der Flughafen ist, und in blinder Ergebenheit seine Maschine auf dem Funkstrahl hält. Es war jetzt einfacher. Die Wüste war topfeben. Hie und da ein paar Steine, dann und wann ein Kaktus. Allerdings war die Hitze unerträglich, und ich hatte nur noch eine halbe Cola. Ich glaube, ich bin nie in meinem Leben entsetzter gewesen als in der Sekunde, in der ich merkte, daß ich auch nur noch einen halben Liter Benzin hatte. Das war das Ende, ich wußte es. Fühllos, gottergeben möglicherweise, fuhr ich einfach weiter. Über mir ganze Geierhorden. Natürlich stotterte der Motor bald einmal, hustete, blieb stehen. Mit ihm das ganze Auto. Wie zum Hohn hörte ich das Lied. Ich stieg aus und warf die Tür mit einem solchen Schwung hinter mir zu, daß sie abbrach und in den Sand schepperte. Ging zu Fuß weiter. Als ich mich nach ein paar hundert Metern umdrehte, sah das Auto wie eine natürliche Erhebung aus. Wie ein Meteorit. Ich schlurfte weiter, immer durstiger, immer erschöpfter. Die Vögel landeten jetzt und sahen mich an. Endlich kam ich auf eine Straße – die, auf der ich die Berge überquert hatte – und folgte ihr, denn das tat auch mein Lied. Johns Lied. Straße und Lied führten zu ein paar Häusern hin, die wie eine Fata Morgana in der Urzeitlandschaft standen. Ein rostiges Schild sagte mir, daß ich in Nosucks war. Die Melodie brauste rings um mich hoch wie eine Flutwelle und verebbte. Aus. Ich taumelte in einer ganz neuen Stille auf eine Bude zu, die neben einer Benzinzapfsäule stand, schob die Tür auf und sank auf den einzigen Hocker, der darin stand. Sterne tanzten vor meinen Augen. »Jemand da?« krächzte ich.

»Was kann ich für Sie tun?« sagte eine Stimme, die mir so vertraut war, deren Klang mir so durch Herz und Seele fuhr, daß ich vom Hocker sprang und mich an einer Säule festhalten mußte, die das Dach des Hauses stützte. Ein Schatten tauchte hinter der Theke auf, hinter der er irgend etwas gekramt hatte. Ich zwinkerte, um die schrecklichen Sterne zu vertreiben.

»Mary?« krächzte ich.

»Bitte?«

»Mary! Erkennst du mich nicht?«

Sie beugte sich vor, bis ihr Gesicht so nahe an meinem war, daß ich sie, besternt zwar, sah. Ihre Augen wurden groß und größer, und ihr Mund stand offen. »Du?!« sagte sie schließlich. »Was tust *du* hier?«

»Helmut hat dir einen Brief geschrieben«, sagte ich, versuchte ich zu sagen.

»Wir kriegen keine Post hier. Nie.«

»Ich habe ihn in der Tasche«, flüsterte ich. Dann fiel ich in Ohnmacht. Als ich wieder aufwachte, war ich in einem andern Raum – im Wohnhaus drüben – und lag in Marys Schoß. Ihr Gesicht über mir, besorgt. Sie hatte ein nasses Tuch in der Hand, mit dem sie mir über die Stirn strich. Ein Ventilator drehte sich über mir, so daß es beinah kühl war. Ich stöhnte. Mary hielt einen Finger auf ihre Lippen und gab mir zu trinken. Stützte meinen Kopf. Ich trank und trank, Liter, Gallonen, den ganzen Wasservorrat vermutlich. Endlich saß ich schnaubend da. Mary hatte die Haare zurückgebunden wie eine Bäuerin in den alten Zeiten, trug einen Blaumann und Sandalen an den bloßen Füßen. Sie sah mich sanft an, ernst.

»Geht's wieder?«

Ich setzte mich auf und holte tief Luft. »Wie konntest du Helmut das antun?« rief ich dann. »Er ist todunglücklich. Er kann nicht leben ohne dich. Lies seinen Brief.«

Ich kramte ihn aus meiner Hosentasche hervor. Sie faltete ihn auseinander, ohne Hast. Las und las. Es war still. Ich hörte nur das Rascheln des Luftpostpapiers, auf das Helmut seine Liebesklage geschrieben hatte, und weit weg ein Hämmern, unregelmäßige Schläge. Eine Fliege surrte gegen die Scheibe des Fensters, obwohl es offenstand. Das Zimmer war klein, mit einer niedern Decke, Holzwänden. Ein Tisch mit vier Stühlen, ein Schrank, ein Regal mit ein paar Büchern. Vor dem Fenster eine Veranda, auf ihr ein Schaukelstuhl oder vielleicht eine Hängematte. Korbsessel. Mary sah hübsch aus, anders als früher. Ich sah sie an, ihre Wangen, die die Sonne so braun gebrannt hatte, daß die Sommersprossen weg waren. Endlich faltete sie den Brief zusammen und gab ihn mir zurück.

»Ich liebe Akwerkepenty«, sagte sie. »John.«

»Du liebst John, du liebst John«, brüllte ich sofort wieder erregt. »Helmut läuft mit roten Augen im Haus herum und schlägt den Kopf gegen die Wände! Stundenlang steht er am Fenster und schaut auf die Straße, ob du zurückkommst!«

»Ich komme nicht zurück.«

»Ich liebe sie«, sagte eine Stimme von der Tür her. »Sie ist meine Pu.«

John stand dort, Akwerkepenty, klein, grau, mit einem Hammer in der Hand. Er hatte Lippen wie Autoreifen, eine platte Nase und große runde Augen. Auch er trug so ein blaues Drillichzeug. Er lächelte mich an.

»Sie lieben sie!« rief ich womöglich noch lauter. »Natürlich lieben Sie sie. Jeder liebt sie. Es gibt welche, die haben viel ältere Rechte, das will ich Ihnen nur mal sagen.«

»Warum schreien Sie so?« sagte John, immer noch lächelnd. Und zu Mary: »Ist er immer so laut?«

Mary schüttelte den Kopf. »Nicht immer. Aber oft.«

»So??« schrie ich. »Ich bin also laut? Ich bin dir also zu laut?? Der da« – ich wies auf John, Akwerkepenty – »ist also leiser. Du magst die Leisen, was?«

Ich schnellte in die Höhe, nicht mehr Herr meiner selbst, und da Marys Liebhaber vor der Tür stand, mit einem Hammer in der Hand zudem, sprang ich durchs offene Fenster hinaus auf die Veranda, ging eine Treppe hinunter und machte mich auf den Rückweg, ohne mich noch einmal umzusehen. Gleich auch hörte ich die Melodie wieder, umgekehrt diesmal. Von hinten her. Auch so ergab sich eine sangbare Tonfolge. Ich schritt mit der Wut dessen aus, der nicht weiß, warum

er so wütend ist. Helmut so zu behandeln, nachdem man so einen Brief bekommen hat! Als ich an der Stelle war, wo meine Songline die Straße verließ, hörte ich ein Geräusch hinter mir und drehte mich um. Ein Abschleppfahrzeug kam näher, am Steuer John. Wer sonst. Er hielt, stieß die Tür auf, und ich stieg ein. Ja. Ich setzte mich neben ihn, einfach so, und wir fuhren über Stock und Stein bis zum Datsun. Keiner sagte ein Wort. John stieg aus, hängte mein Wrack mit der Routine eines Profis an den Abschlepphaken, und nach ein paar Minuten waren wir in Nosucks zurück. Immer noch ohne ein Wort zu sagen, aber nicht unfreundlich, füllte John meinen Tank sowie einen Kanister, den er auf den Rücksitz stellte. Dann gab er mir einen Klaps auf den Rücken. »Have a good trip!«
Er schlurfte zum Wohnhaus hinüber und verschwand in der Tür. Ich stand regungslos neben dem Auto. Kein Laut jetzt, nirgendwo. Nach ein paar Minuten kam ein Hund aus einer Scheune oder Garage aus Wellblech getrottet, die hinter dem Haus stand. Er schnüffelte an ein paar zerfetzten Autoreifen herum und sah zu mir hinüber. Ich seufzte, setzte mich ans Steuer und ließ den Motor an. Der Hund schnellte, alle Viere gleichzeitig von sich streckend, in die Höhe und sauste in die Scheune zurück. Als ich mit einem Kavaliersstart anfuhr, ging die Tür des Hauses wieder auf. Mary. Sie trug jetzt einen Rock, oder trügt mich da meine Erinnerung? Einen langen Rock und ein Häubchen auf den Haaren? Jedenfalls machte sie mir ein Zeichen, und ich stoppte mit quietschenden Reifen. Sie kam zu meiner abgefallenen Tür und gab mir einen Korb, in dem eine Thermos-

flasche und Eßwaren lagen. Früchte, Brot. Sie lächelte – um Worte zu wechseln dröhnte der Motor zu laut – und deutete einen Kuß an. Drehte sich um, stieg die kleine Treppe hoch und verschwand. Uff. Ich startete ein zweites Mal. Diesmal blieb ich auf der Straße und fuhr zügig. Genoß die Fahrt mit der Zeit sogar regelrecht. Ich stellte das Radio an und hörte sehr laut irgend etwas Poppiges. Auf der Paßhöhe hielt ich und veranstaltete ein Picknick mit mir selber. Trank kühlen Tee aus der Thermosflasche und sah in die Wüste hinunter, in diese Ewigkeit aus Sand, in der irgendwo im Dunst Mary und John sich genau jetzt vielleicht leidenschaftlich liebten, sich schweißüberströmt wälzend, jetzt, wo ich weg war und auch kein anderer Kunde weit und breit.
Ich gab den Datsun zurück, und sowohl der AVIS-Mann als auch ich taten so, als sei alles in bester Ordnung. Als ich das Flughafengebäude betrat, war SR 898 einsteigebereit. Was sonst. Platz gab's auch. Müde und erschöpft, zufrieden mit mir selbst, saß ich im Flugzeug und wurde mir erst bewußt, wie ich aussah, als ich einmal aufs Klo ging und mich im Spiegel sah. Ich sah aus wie John und wusch mich, so gut es ging. Aß dann das wunderbare Essen und hörte zweimal hintereinander das klassische Programm im Kopfhörer, die ganze *Salome* von Richard Strauss und geistliche Musik des 17. Jahrhunderts. Wir landeten früh am Morgen in Zürich, und ich wäre zum Frühstück in der Wohngemeinschaft zurück gewesen, wenn mir die Flughafenpolizei nicht Löcher in den Bauch gefragt hätte, wo ich gewesen sei und wieso. Zu Hause kein Mensch. Aber die Küche war aufgeräumt. Die Kühlschranktür war

repariert. Sogar Bier stand da. Ich öffnete eine Flasche, obwohl ich sonst am Morgen nichts trinke. Aber mein Kopf, mein Herz, meine Leber waren noch auf der andern Seite der Erdkugel, wo es jetzt glühend heiß war, nicht neblig wie hier bei uns.
Nach ein paar Minuten hörte ich Schritte. Helmut erschien unter der Tür und sah mich an. Er trug eine zerbeulte Hose und ein T-Shirt. Alles in allem sah er wieder zivilisiert aus, nicht mehr so verstört. »Bißchen rumgereist, was?« sagte er.
»Genau.«
»Wir haben uns Sorgen gemacht.«
»Ah ja?«
»Ja. – War's schön?«
»Doch«, sagte ich. »Ja.«
Er sah mich nachdenklich an. »Ein Monster«, sagte er. »Du bist ein Monster.«
Während er in sein Zimmer zurückschlurfte, begann er eine Melodie zu pfeifen, die ich nach einiger Zeit erkannte. Ich ging ins Bad, duschen, und als das Wasser über mich strömte, pfiff ich das Lied auch, diesen Song der Erde. Ich sang sogar. Dann legte ich mich auf meine Matratze und schlief noch eine Runde.

Yes, Mary, I had my fat Hildegard and the lovable stewardess, and quite a number of others whom I did not have either. But there was one *woman with whom I made love, Mary. Trust me! I swear it to you! I am almost a monk, I know – without her, in fact, Winston Churchill's victory-sign would be sufficient to number the successful copulations of my life –, but chastity is not the goal of my existence. Never was. Not at all. Chastity just happens to me, as you know best, like a malediction. – The name of the woman who shared my life in Rome was Eva. I hated her day and night, during all those months. – Hated her, do you hear me? – She was a member of the agency which organized trips for students from all over the world. I first saw her one early morning in the lobby of a cheap hotel where I tried to discuss a bill with the manager who had charged for two rooms which had never been occupied. A group of young tourists were waiting around me for something or somebody, making considerable noise, and the somebody or something they had waited for was Eva, of course. I saw her come in and had plenty of time to observe her, because the manager, exhausted by my insistance, had vanished to get some advice from his wife, or perhaps he had retired into the water-closet where he was sitting, trousers on his feet, praying to God to inspire him. Be that as it may, the door opened, and a woman stormed in like a tornado, Eva, as I learned later, looking like Punch or Judy, small, thin and as wiry as a goat, running here and there, speaking all the time with a high, yelling voice, exactly the kind of woman I never could stand. She became my mistress, not at this very moment, but two days later. During our first meeting she never looked over to me who was leaning at the desk of the hotel-reception. She just hopped around like a wounded rabbit. Then the manager came back, and Eva loaded her herd into a bus. She was the guide of the agency and knew Rome better than anybody else; its touristic aspects, I mean. I came to an agreement with the manager – a clear defeat for me, by the way – and went home or up to the Pincio. I forgot her. But then I met her again in front of Michelangelo's David. She explained the artistic value of the biblical dwarf who had become a giant thanks to Michelangelo to the same young people whom I had met in the hotel. No kidding: I hated her from the very beginning. Her horrible voice again! This time she interrupted her speech, rushed over to me and told me that I was the best collaborator of the agency – let me laugh! – and that she was going with this group of ignorant idiots by bus to Ostia right now, and whether I would come with her? I accepted. So I sat in the front seat of the bus, between the driver and her, very close to her, because the seat, the one with the microphone, was meant for one single person. In the pauses between her messages she switched off the mike and told me her life, for the first time, because she would do it plenty of times again during the following weeks or months. We arrived at Ostia, and while the students took their swim in the blue sea, we sat in a little bar and drank white wine which was probably the initial mistake, for, when we were back in Rome and the students had gone to bed, I was not sober any more, but rather excited and out of my mind. I took her home, and we fucked like idiots. I behaved like a madman, moved in and out like the never ending story, like a perpetuum mobile in flesh and blood, and made a noise like the Andrea Doria while she tried to find her way through the fog of the Mediterranean Sea. Eva jumped around like a puppet, sang like Leda as she felt the swan in her but looked nevertheless like a victim, a victim who loved to be pushed around. After hours of love, of hate, I stood up finally, put my trousers and my shirt on, and she smiled with a face which asked me if she had behaved the way I liked it. Whether she had been the perfect lover. I did not let her stay for the rest of the night, and I did not see her home. She kissed me goodbye with passion and stood in front of my door next morning at seven o'clock, scratching against it, begging me to let her in. I was still asleep of course. There she came in, with a cake in her hands, and we made love again. Can you explain this to me? I made love with her every day, or shall I say, I made hate? I hated her and myself after we had made love, every time; I ran around fully dressed, she lay naked on the couch for hours, her legs wide open without any shame. – Sometimes I told her to clean the kitchen and stood behind her and angrily pointed out the dirty spots left which she cleaned a second time, full of devotion. – Then she went back to the couch. – She told me that she had told her psychiatrist how terrific I was, that I was the best lover she had ever had, much better than her husband who had left her years ago. That I made her happy every time, that I had shown her the way through all heavens of love, beginning with the first and not ending with the seventh, and that I had a prick, the beauty, strength and size of which the psychiatrist, though an experienced man, couldn't possibly imagine. That I had brought health back to her, and the warm feeling of life. – She also told the psychiatrist that I was a writer, that I was going to be a poet, and that she was sure that I would become very famous one day. – I had never shown her a word of my writing. I had not even mentioned it. – The only other person to whom she spoke during our common time was her mother, her dear mother, whom I had the luck and the chance of meeting only once. She lived with her mom. They did everything together, except make love to me. Her mom was as crazy as she was, lived in a flat full of old furniture, carpets and birds in cages. An immobile parrot who looked dead but was not. Not totally, I mean. The daughter sped through the rooms of the flat, while I stood with her mother, the spitting image of her daughter even as to age, just with more paint on her. She did not ask me to sit down. So I stood with her between the cages and other knickknacks and said that she had nice little birdies, and she answered me, that she could not stand them any more. That she hated them. All this noise the whole day, and the amount of shit she had to clean up. I nodded. If she saw it that way, why not. But I had not the right to agree, and she got angry. Treated me as a tormentor of animals. So I felt truly released when Eva came back, and out we went in the sun of the ancient world capital.* Davvero, *wasn't she splendid,* la mamma? *Yes, I said. Eva took my hand and jumped around like a little girl. – It is a wonder that I did not kill her. – Things like this happen, Mary! I love you, Mary! A man whom I knew rather well was planning to leave for a holiday and was packing up a trunk in his living-room, and his wife came in and asked him if he had seen the scissors, and he took a fire-hook and hit her on the head ten or twenty times. After that he took the trunk and went to the railway station to mail it. He drank a coffee in a bar and went home, crying »Amanda?« and »Where are you?« throughout the empty house. He was a professor of German language and literature at the University of Zurich, and he wondered for some days why his wife had disappeared. Then he went to an examination, and while the student desperately explained the effects of the medieval* Lautverschiebung, *he began to cry. Cried and cried, but still did not know why he was crying so passionately. – A woman whom I knew fairly well too fell in love with a good-looking man who worked in the same firm, and they went out one evening, and weeks later a jogging couple found her in the woods, without her head. – My affair ended like this: I finally had bought a Vespa like everybody and had started to make long excursions through the Roman landscape. I loved my Vespa very very much, but Eva of course did not have any consideration for my passion and came with us all the time. My Vespa was an old vehicle, green-metallic, noisy, the joy of my heart. It had such lousy brakes that I had to ponder the traffic in front of me like a prophet. When I rode on it, I nearly believed in life again. We went to the beach and lay between downs and beach grass, not naked of course, because Italy as a whole and little big Eva privately were deeply catholic in those days; but also because there was a well-known peeper wandering around. Nevertheless we made love once, hastily, wallowing in sand and little flies. In her extasy Eva cried: »Marry me!«, and I shouted: »Yes! Yes!« When we were back on earth, there was no peeper, no adult peeper at least, but two little boys with a red ball and wide open eyes. On our way home I stopped the Vespa with a sudden inspiration near Via Veneto and told Eva to get off. She did so, with an astonished face and some grains of sand on the tip of her nose, and I drove on without saying a word. I never saw her again. I heard her the next morning knocking at the door, calling my name. »Ellmut!« I succeeded in leaving the house with all my belongings through the window. Probably she is still standing there, without an explanation for my treachery. I went to the railway station, bought a ticket to Zurich and left for ever the most beautiful city I have ever seen.*[6]

[6] In Helmuts beiden Büchern gibt es überhaupt keine Liebesgeschichten, oder wenn, dann in Nebensätzen, in blitzlichtartigen Einschüben. Aber dann verläuft alles normal, Mann auf Frau, Frau auf Mann. Was stimmt denn nun? – Helmut war kein Erzähler. In seinem

ersten Buch zum Beispiel sind alle Kapitel gleich lang, auf den Buchstaben genau. Die Häufigkeit der Buchstaben ist so verteilt, daß im ersten Sechsundzwanzigstel – falls das Alphabet sechsundzwanzig Buchstaben hat – das A dominiert, dann, im zweiten Sechsundzwanzigstel, das B, und so weiter. Man würde das im übrigen nicht bemerken, würde er bei Q, X und Y nicht mogeln und ihre Frequenz dadurch erhöhen, daß er Wörter erfindet, die es gar nicht gibt. »Ich ying zum Bahnhof.« – Na ja. – Inhalt hat das Buch eigentlich keinen. Ein Mann sitzt am Fenster und sieht hinaus, aber es könnte durchaus sein, daß das Fensterglas so sehr spiegelt, daß er stets nur sich und den Raum sähe, in dem er sitzt. So wäre auch die Frau draußen, in die er sich verliebt, er selber. – Das zweite Buch sieht auf den ersten Blick konventioneller als das erste aus. Es heißt seltsamerweise *Lolita*, hat aber einen gänzlich anderen, viel bizarreren Inhalt als Vladimir Nabokovs Geschichte einer verzehrenden Leidenschaft und erweist sich auf den zweiten Blick dennoch als eine wörtliche Übersetzung dieses Mammutwerks, eine allerdings, die mit Bedacht für jedes Wort, das in Helmuts Wörterbuch – einem Muret-Sanders von 1911 – über zwei oder mehr Bedeutungen verfügt, die unmöglichste auswählt. So kommt ein Text zustande, in dem nur noch die Eigennamen an das Original erinnern. Und auch sie nicht alle, denn Charlotte Haze, die arme Mama, wird obstinat, Helmuts Dictionnaire gemäß, Apfeltorte genannt. Vorname Apfeltorte, Nachname Nebel. – Natürlich wird das Ganze dadurch noch komplizierter, daß ja auch Nabokov nicht englisch konnte und die Wörter seinerseits im Wörterbuch suchte. So hatte er, russisch denkend, vielleicht genau das schreiben wollen, was Helmut aus dem Englischen ins Deutsche übersetzte. – Sein Schicksal hatte ihn allzu gewaltsam, allzu jäh gezwungen, eine fremde Sprache sprechen zu müssen. – Helmuts Manuskripte waren im übrigen unfaßbar sauber geschrieben. Kein Fehler, nichts. Dabei herrschte in seinem wirklichen Leben das denkbar größte Chaos. Sein Zimmer sah immer so aus, als habe gerade eben eine Bombe eingeschlagen. Papiere überall, Unterhosen, Bierflaschen. – Nach seinem Tod brauchte ich Stunden, bis ich das Papierdurcheinander – Hunderte von engbeschriebenen Seiten! – aufgeräumt hatte. Alle Schubladen voll. Sein Müll ergab sieben prall gefüllte Säcke!

My lovable Mary. This is the end. I am now going to finish my letter to you. My poor confessions, devoted to your eyes only, to nobody else's, written in a language which is not mine, so that I sometimes did not know whether I really said what I meant. Yes. But on the other hand it was much easier to tell you the pains of my heart in your tongue which I speak a little and do not really feel with certainty at all. I shall stop writing now. Although I use this nearly invisible and weightless airmail paper, the envelope around it will be covered with stamps. – Of course I want you to come back. I have always wanted you back. But Mary.

Listen to me. Stay where you are, please, Mary. I know, how silly the expression »I never made you happy« sounds, but I did not make you happy. And others did not either. My time is not made for you. My place is not a place for you. I am not the man for you, and all those around me aren't the men for you. When I saw you with Akwerkepenty whose Pu you are, whose dream of heart you have the incredible luck of being, I saw in your face, what happiness is. I did not want to disturb you. That's why I just walked away, two thousand five hundred miles back through a stony desert, over waterless mountains. Well, you are safe now. I will not come back. And who else could be as crazy as to follow the line of your song right up to your house? Intrude into your world, speak to you, remind you by his simple presence of the world you left for good? Only a monster could do that. Stay. Breathe the air. Listen to the silence. Feel the streams of sweat on your skin. Look to the rising sun in the early mornings. Look up to the burning sky at noon. Enjoy the evenings, when the mountains, far away, are blue. Sit in your rocking chair. Read a book now and then, but none of mine. You know: one of those pocketbook bestsellers with giant titles in pure gold. Never read a newspaper. Never read a letter. – That was it. – Yours Helmut.

P.S. Längst reiten die Reiter dem Horizont entlang und speien Flammen. Turmhohe Pferde mit glühenden Augen, hochgeworfenen Hufen, Schweifen wie Funkenfahnen, Feueratem. Trompeten dröhnen. Straßen, Plätze, steile Felshänge gar sind voller Menschen, die sich aneinanderklammern, die sich fortstoßen. Wer stürzt, ist vergessen. Längst gehen alle auf toten Körpern. In den Fenstern der Häuser: Köpfe mit weit aufgerissenen Mündern, zum Himmel flehende Arme, Leiber, gestoßen von denen in den Zimmern, Männer, Frauen, die sich an Haaren und Hälsen festklammern, mit über dem Abgrund zappelnden Beinen, die endlich auf die stürzen, die unten zur Tür hineindrängen, ein paar von ihnen erschlagend. Aus Estrichen schießen welche mit ihren letzten Patronen. Trotzdem wollen alle die Treppen hinauf. Ein Papst, kein echter vielleicht, gräßlich, uralt mit vor Wahnsinn glühenden Augen, sitzt auf den Schultern eines letzten Gläubigen, der ihn trägt, ihm Mut zuruft und versucht, ihn in die Schußlinie der Heckenschützen zu drehen. Aber der Papst dirigiert schreiend die Pferde, die galoppierenden Engel. Hierher! Er wird von einem Huf getroffen, und der Träger setzt sich, brüllend vor Glück, seinen blutbespritzten Hut auf. Längst haben die Reiter den Horizont verlassen und sind bei uns, über uns, donnern in immer neuen Anläufen über uns hinweg. Zerschlagene Schädel. Mehrmals streift mich ein heißer Atem. Ich dränge vorwärts, zurück, weiß nicht, wohin. Einmal noch schreie ich: »Ich bin's! Ich!« – Es sind Hunderttausende von Reitern. Oh, auch so ein Pferd zu haben. Oh, auch so reiten zu können. Wie viele Kriege habe ich nicht geführt. Ganze Wüsteneien zerschlagen. Nie hätte ich gedacht, daß ich mein eigenes Opfer werden könnte. – Da kommt so ein Pferd. Es stürmt direkt auf mich zu. Der Reiter, eine Frau mit Feuerblicken, hat es auf mich abgesehen. Sie dröhnt näher und näher, schreiend, mich blendend, riesengroß. Nun ist ihr glühender Schatten über mir. Sie hält ein Kissen, ein Kissen aus Feuer, und preßt es mir, rasend vorbeireitend, auf den Mund. Ich atme die Flammen. Zu Tode entsetzt? Begeistert? Plötzlich jedenfalls sitze ich auch auf so einem Pferd. Jage hinter der Schrecklichen drein.[7]

[7] Eigentlich fing jener Abend, der so tragisch endete, ganz gemütlich an, nicht anders als viele andere Abende. Ich hatte den Nachmittag über in meinem Zimmer gesessen und mit einem Dramaturgen des Schauspielhauses die erste Fassung meines Stücks diskutiert, das inzwischen *Die Erbin* hieß und dessen Sprache, Aufbau und Inhalt meinem Gesprächspartner nicht einleuchteten. Er schwitzte Bäche, ging im Zimmer hin und her und meinte schließlich, vielleicht

könnten wir die Sache noch irgendwie hinbiegen, wenn wir aus der Erbin einen Mann machten und den Verlobten opferten. Den zweiten Akt sollten wir, glaube er, ganz streichen. Mit einem neugeschriebenen Schluß könnte es dann vielleicht hinhauen. Ich nickte, auch schweißüberströmt inzwischen, und ebenfalls hin und her gehend. Wir schieden höflich voneinander, aber ich mußte mich zusammennehmen, ihn nicht die Treppe hinunterzutreten, während er vor mir zur Haustür ging. – Als ich dann das gemeinsame Nachtessen kochte – turnusgemäß war ich dran –, hörte ich Holger auf der Posaune spielen. Klagende Oktavsprünge. Auch er war ein bißchen aus den Fugen, offenkundig. – Ich kochte Spaghetti, was alle von uns taten, wenn sie an der Reihe waren und keine Lust hatten, sich anzustrengen: so daß wir stets nur Spaghetti aßen. Immerhin motzte ich meine dadurch auf, daß ich in die fixfertig gekaufte Tomatensauce einen tüchtigen Schuß Kirsch hineintat. Der Sherry, den ich eigentlich hatte nehmen wollen, war weg. Nur noch die leere Flasche stand da. Offenkundig hatten ihn die sanfte Rose und der erste Mann, den sie jemals zu sich hochgenommen hatte, am Vorabend zusammen ausgetrunken. Durch die geschlossene Tür hatte er wie ein gemütlicher Bär geklungen, der laut lachte und tatsächlich die ganze Nacht bei ihr blieb. Ich sah ihn zwar auch am nächsten Morgen nicht, aber Rose, die in einen rosa Bademantel gehüllt aus dem Klo kam, war ein paar Jahrzehnte jünger geworden.

»Essen fertig!« rief ich und stellte neben jeden Teller ein Glas. Während ich eine dieser bauchigen Zwei-Liter-Chianti-Flaschen aufzukriegen versuchte, kamen alle die, die ich inzwischen so sehr vermisse, aus ihren Löchern: Rose, die als erste auftauchte, war so schnell, daß sie saß, bevor ich den Korkenzieher an den Flaschenhals gehoben hatte. Sie hatte Gabel und Messer mit beiden Fäusten gepackt und spähte mit leuchtenden Augen, was es denn heute Köstliches zu essen gebe. Dafür war Suse um so schlechter gelaunt. Wahrscheinlich hatte ihr Chef ihr wieder einmal, wie so oft, klargemacht, daß in der Werbebranche nur die Leistung zähle. Leistung, Leistung. Sie hatte jedenfalls nicht einmal die Kraft gefunden, ihren Regenmantel auszuziehen, und glotzte apathisch vor sich hin. Holger kam mit der Posaune in der Hand. Fritz, der Student, war käsig wie immer. Er stand kurz vor dem Abschluß eines Wirtschaftsstudiums, wie alle Jahre wieder. Auch er wirkte dumpf, riß aber immerhin das Weinglas, das ich ihm gefüllt hatte, mit beträchtlicher Lebensgier an sich. Rudolph war für einmal ohne seine blasse Geliebte. Er legte ein zerfleddertes Rollenbuch neben seinen Teller, weil er den Othello lernte, den er im Sommer bei den Bodenseefestspielen geben sollte. Geschminkt war er aber noch nicht. Helmut kam als letzter. Aus seinem Zimmer war in den letzten Wochen ununterbrochenes Maschinengeklapper zu hören gewesen, das erst am Morgen jenes Tags aufgehört hatte. Totenstille seither. Was hatte er den ganzen Tag über getrieben? Er setzte sich, trank einen Schluck und bleckte Suse mit weißen Zähnen an.

»Grins mich an«, sagte Rose, die auf seiner andern Seite saß. »Sie hat heute die Nestlé-Werbung in den Sand gesetzt.«

»Oh«, sagte Helmut und grinste nicht mehr.
»Hab ich nicht«, fauchte Suse und schob den Spaghettiteller in die Mitte des Tischs. Sie nahm einen der Trinkhalme, mit denen Fritz sonst seine Milk-Shakes schlürfte, und zerbrach ihn.
»Was macht die Liebe?« sagte Helmut und wandte sich seiner andern Nachbarin zu.
»Just great«, antwortete Rose strahlend. »The best of the best.«
»Ich weiß«, sagte Helmut. Beide hoben die Gläser und prosteten sich zu.
»Könnt ihr nicht von was anderem reden?« rief Suse und rannte in ihr Zimmer.
»Können wir«, sagte Helmut, aber so leise, daß Suse ihn nicht hören konnte.
Wir aßen schweigend. Die Spaghetti schmeckten, wie sie schmeckten. Wir hatten uns abgewöhnt, das Essen der andern zur Sau zu machen, und so kam auch ich glimpflich weg. Keiner machte irgendeine Bemerkung. Die Idee mit dem Kirsch war nicht gut gewesen. Ich trank zwei Gläser Chianti, um dem üblen Geschmack ein bißchen abzuhelfen. Endlich fragte ich Helmut: »Hast du das Schreiben aufgegeben?«
»Wieso?«
»Ich höre dich nicht mehr.«
»Ich wußte nicht, daß du dich für Literatur interessierst«, murmelte er und schob eine übervolle Gabel Spaghetti in den Mund. Nun war sein Teller leer. Er kaute. »Ich habe einen Computer gekauft.«
»Einen was??«
»Einen Macintosh.«

Ich starrte ihn verständnislos an und trank mein Glas aus. Draußen knatterte der Rettungshelikopter zum nahen Spital. Da ich einen Nachtisch vorbereitet hatte – Vanilleeis und Schokocreme –, stellten alle das schmutzige Geschirr in die Spüle, holten sich neue Teller und lehnten sich erwartungsvoll zurück. Fritz rauchte. Rose lächelte still vor sich hin. Holger hatte seine Finger an der Posaune und schien etwas mit ihr vorzuhaben. Rudolph murmelte seine Rolle vor sich hin und schielte zuweilen auf sein Papier. Helmut sah mir interessiert zu, wie ich die Schokoladencremebüchse öffnete und die Eiskugeln verteilte.
»Suse!« rief ich. »Nachtisch!«
Wider Erwarten ging tatsächlich die Tür ihres Zimmers auf, und sie trat heraus, in den vertrauten Tiger verwandelt. Wahrscheinlich hatte ihr nur ihre Nachthaut gefehlt. Sie schien viel gefaßter und lächelte sogar Helmut an, der sofort zurückgrinste. Das kannte ich. Wenn er so war, schrieb er etwas, wovon er zu niemandem ein Sterbenswörtchen sagte, von dem er aber dachte, daß es verflixt gut war. Nach dem Abschluß der Arbeit allerdings legte er sie irgendwohin weg. Sie schien ihm dann doch nicht ganz geglückt zu sein.
»Du hast einen Computer gekauft?« sagte ich. »Wieso denn das?«
»Kannst deine Ohrenstöpsel wegwerfen«, sagte Helmut. »Hörst mich nicht mehr.«
»Red keinen Blödsinn.«
»Ich speichere das ganze Zeug, das sich bei mir angesammelt hat, auf Disketten. Morgen fang ich an. Wenn ich dann tot bin, ist mein Gesamtwerk auf einem win-

zigkleinen Plastikding verstaut, und mein Verleger stopft es in seinen Mac und druckt alles aus. Zweiundzwanzig Bände in Halbleder.«

Wir aßen wieder, stumm, und ich öffnete eine zweite Chiantiflasche. Für sieben Kehlen sind zwei Liter nicht viel. Rose begann von ihrem Freund zu schwärmen, immer begeisterter, so daß es eine wahre Freude war, ihr zuzuhören. Wir strahlten sie an, als seien wir alle zusammen in ihren Prachtbrocken verliebt. Er hieß Knut, war ein Norweger und arbeitete bei einer Bank. Er war eben von einem Besuch aus seiner Heimat zurückgekommen und hatte einen Lachs mitgebracht, den eine Tante in einem nördlichen Fjord gezüchtet hatte. Den hatten die zwei am Abend zuvor in unserer Küche verschlungen, nachdem sie zuerst den ganzen Sherry geleert hatten. Knut hatte die Absicht, seine Bank zu verlassen und hier, bei uns, auch so eine Fischzucht aufzumachen, vielleicht nicht mit Lachsen, aber mit Egli und Felchen. Mit Lachsforellen. Rose sollte ihm helfen, und an jenem Abend wenigstens schien sie geneigt, das zu tun. – Dann war auch Suse soweit, von ihrem Flop zu sprechen. Das war nämlich gar keiner, jedenfalls nicht ihrer, und der Chef hatte kein Recht, ihr alle Schuld in die Schuhe zu schieben, und wußte das auch. Wahrscheinlich wälzte er sich jetzt schon, in diesem Moment, unbehaglich im Bett oder auf einem Barhocker, was immer er gerade tat, und dachte, daß er ein Ungeheuer sei und morgen Suses Gehalt erhöhen werde. – Er hatte ihr unverhohlen mit der Kündigung gedroht, mit der fristlosen sogar. – »Leistung!« rief Suse. »Daß ich nicht lache! Seine Leistung ist, täglich eine Flasche Cognac zu verdrücken, ohne daß die Kunden das merken.« – Die Agentur hatte eine neue Kampagne bis zur Produktionsreife entwickelt, für Nestlé eben, bei der weder das Produkt noch der Name des Herstellers jemals gezeigt oder genannt wurden. Das war gerade der letzte Schrei, und keine Agentur von Rang machte etwas anderes. Es ging um Babymilch. Suse hatte einen Pilotfilm gedreht, in dem eine ausgemergelte schwarze Mutter ihrem Kleinen, das nur aus Haut und Knochen bestand, die Brust gab. Ringsum gelber Staub, Zelte, apathisch herumstehende Kinder. Ja, wo jetzt der Assoziationsblitz sei? Suse konnte es auch nicht so genau sagen. – Dann sprach Rudolph einige Seiten Shakespeare, verwandelte sich augenrollend in den rasenden Othello und verfiel unversehens in den Monolog des Brutus, des Tyrannenmörders, den er kurze Zeit zuvor am Zimmertheater Tübingen gespielt hatte. – Wir lachten sehr. – Ja, sogar Fritz, der Student, ließ sich von unserer guten Laune anstecken und berichtete leise und stockend vom Vorbereitungsstand seiner Abschlußprüfung, und natürlich kam heraus, daß er gar nichts getan hatte, absolut nichts, und daß er sich genausogut, statt in Ökonomie, in Ethnopsychoanalyse oder Sanskrit prüfen lassen konnte.

»Ich kann nicht ohne Mary sein!« hörte ich mich plötzlich rufen. Es klang, als sei ich weit weg, fern auf einem im Meer treibenden Floß, verzweifelt zum Ufer hin brüllend.

»Mary! Mary!«

Ich brach in Tränen aus, schluchzte, heulte, schrie, schlug mit meinen Fäusten gegen den Schädel und mit diesem gegen die Tischplatte. Ein solcher Wasserstrom brach aus mir heraus, daß Hände, Arme, Knie triefend naß wurden und ich die Welt wie aus einem durch einen Sturzregen rasenden Auto ohne Scheibenwischer wahrnahm. Ein Unglück, das so groß war, daß es eigentlich in mir gar nicht hätte Platz finden dürfen, brach sich so machtvoll seine Bahn, daß mein Körper bebte, zitterte, hin und her geworfen wurde. Ich biß mir in die Lippen und blutete. Meine Nase tropfte, und beide Knie, mit denen ich von unten gegen den Tisch trommelte, schmerzten so entsetzlich, daß ich sie nicht mehr spürte.

»Mary!« heulte ich.

Schon gar nicht nahm ich wahr, was die andern taten. Ein großes Durcheinander entstand, und keiner und keine blieb an seinem und ihrem Platz. Tränenverhangene Schatten fegten hin und her. Jemand räumte das Geschirr aus meiner Reichweite, die Scherben. Ja, auch meine Faust blutete. »Mary!« Ich biß auch in einen Finger. Endlich spürte ich einen Arm um meine Schultern, eine Hand, die meine Wange streichelte, ein Taschentuch, das meine Nase putzte, und eine Stimme sagte so etwas wie »Aber was ist denn los?«. Helmut. Ich war ihm so dankbar, daß er sich um mich kümmerte, um mein Endzeitelend, daß ich meine Arme um ihn schlang, und bald taumelten wir beide, ich schluchzend, er naß, wie ein Unwesen mit zwei Köpfen und vier Beinen durch die Küche, durch die Wohnung, gefolgt von allen Freunden, die jetzt auch sprachen, uns vielstimmig Mut machten, uns zu trösten versuchten. Ich wurde von Tränenwellen geschüttelt, die aus einem

Kern tief in mir kamen, von dem ich bis anhin nichts gewußt hatte und der, obwohl winzig in mir verborgen, das ganze Weltmeer zu enthalten schien. Die Fluten, die nach oben brachen, waren so heftig, daß ich wie ein Korken auf und nieder wirbelte, auf einer Gischt schwimmend, die in mir drin schäumte. Helmut, der versuchte, mich zu beruhigen, war schwächer als meine Springflut und wurde mit mir durch die Wohnung geschwemmt.

»Ich lasse Mary doch auch in Frieden«, hörte ich ihn sagen, wohl weil sein Mund zufällig gerade nahe bei meinem Ohr war. Seine Stimme klang, als wohne er auf einem andern Stern – Rauschen und Tosen zwischen uns –, aber sie war laut genug, mich neu aufheulen zu lassen und noch trostsüchtiger seinen Hals zu umklammern. Irgendwie taten wir gemeinsam einen dummen Schritt, ein paar dumme Schritte, jedenfalls waren wir plötzlich bei der Treppe, auf der Treppe, und stürzten hinunter, uns überschlagend, uns umschlungen haltend, bis tief nach unten vor die Haustür. Ich weinte nicht mehr. Helmut, im Stürzen, lachte!

Plötzlich allerdings war er still. Ich rappelte mich auf und sah hoch über mir, oben an der Treppe, Holger, Rudolph, Suse, Fritz und Rose stehen. Sie sahen mit aufgerissenen Augen zu uns nieder, entsetzt. Helmut lag mit einem verdrehten Hals vor der Haustür. Er bewegte sich nicht. Seine Augen starrten mich an. Ich löste mich langsam von ihm. Stand auf. Wischte die Tränen weg und klopfte die Hosen sauber.

»Mörder!« rief Rose.

Jetzt schrieen oben alle, rannten die Treppe hinunter

oder in der Wohnung herum. Jemand brüllte ins Telefon. Irgendwer riß mich von Helmut weg – als ob ich ihm was antun wollte – und schob mich grob gegen die Hauswand, vor der ich schlapp und müde niederkauerte. Suse und Rudolph knieten neben dem leblosen Helmut. Plötzlich war auch die bleiche Freundin von Rudolph da, und mit ihr waren zwei Männer in weißen Kitteln gekommen, Ärzte vielleicht, oder Sanitäter. Der ganze Verein drängte durch die Tür nach draußen. Helmut lag auf einer Bahre, mit einer Wolldecke zugedeckt. Auch sein Gesicht war unter ihr verschwunden. Niemand hatte sich um mich gekümmert.

Ich stand auf und ging die Treppe hoch. In Helmuts Zimmer, in seiner Mitte auf einem Tisch, stand der Computer. Der Bildschirm war eingeschaltet und flimmerte weiß. Ich setzte mich davor, nahm Helmuts Liebesbrief an Mary aus der Tasche, strich ihn flach und begann ihn im fahlen Licht des Computerschirms zu lesen, zum zehnten, zum hundertsten Mal. Was für eine Glut. Was für ein Feuer. Was für ein Elend. Es war, als spräche Helmut für mich. Als spräche ich. Als ich bei der Geschichte war, wo er Eva schikanierte, spielten meine Finger, ohne daß ich mir dessen bewußt war, auf der Tastatur herum, oder ich fummelte gedankenlos mit der Maus, jedenfalls veränderte sich jäh das Bild vor mir. Ich sah plötzlich, in den schönsten Farben, eine dieser hyperrealistischen Simulationen, die die Wirklichkeit wirklicher nachbilden, als diese selber es jemals sein kann. Das also hatte Helmut heute getrieben! Im Vordergrund ritten Pferde, Reiter, gewaltige, schöne, gräßliche Monster mit Schwingen. Engel mit schwarzen Masken. Sie tänzelten auf ihren Pferden hin und her, auf ihren mächtigen Reittieren, bereit zu einem Angriff, denn hie und da deutete einer, der der Anführer zu sein schien, zum Horizont hin, wo ich Häuser sah, Kirchen, einen Fernsehturm. Die Sonne schien. Der Anführerengel, eine lodernde Frau, vermochte die Truppe kaum noch zurückzuhalten. Alle wollten endlich es zeigen denen dort. Sie niedermetzeln. Diesen Fehler Gottes ausrotten. Ahnungslos noch wuselten die ameisenkleinen Menschenwesen in der Ferne. Autos fuhren. Ich sah Bäume. Eine winzige rote Straßenbahn kam um eine Ecke. Vor einem Haus, einem Kino vielleicht, drängten sich viele in einer langen Schlange.

Dann begann der Angriff. Ich mitten unter den Engeln. Wir donnerten in einer Reihe, die den ganzen Horizont füllte, über die Ebene. Wir waren Hunderttausende, gnadenlos. Jetzt hatten die ersten Menschen uns erblickt, die letzten, meine ich. Wie sie schrieen. Wie sie rannten. Wie sie in die Knie sanken. Dann waren wir unter ihnen. Wüteten. Schwangen die Schwerter. Töteten. Es war eine Freude, das Ende. Explosionen überall. Nun gab es auch Töne! Zwar war es nur so Computergefauche, aber ich spürte schon, was gemeint war. Es wurde mir zuviel. Ich wollte Helmuts letzte Arbeit abstellen. Aber ich erwischte wieder einen falschen Knopf oder setzte die Maus aufs falsche Signal. Plötzlich jedenfalls sah ich einen neuen Ort, der mir sofort vertraut vorkam, einen Garten mit Kieswegen zwischen Rosenstöcken, die stramm wie Soldaten standen, kahl, blütenlos, dahinter ein riesengroßes Haus, einen

Kiesplatz, eine Mauer. Tiefe Stille. Ein alter Mann kam dahergeschlurft, in einer Art Anstaltskleidung, und als er nahe war, sah ich, daß er mir glich. Daß ich es war, alt geworden. Helmut hatte mich simuliert! Ich setzte mich auf eine Bank, mit dem Rücken zu mir. Saß einfach nur so da. Langsam entfernte sich das Bild, in einem stetigen Zoom. Im Vordergrund – ich immer kleiner werdend hinten – wurde eine hohe Mauer sichtbar, ein schmiedeeisernes Tor. Ein Mann mit zwei Jungen stand davor und klingelte. Ein Angestellter in Anstaltskleidern kam über den unendlichen Platz vor dem Haus geschlurft. Öffnete das Tor. Der Mann und der eine Junge gingen mit ihm, während der andere draußen blieb und Dreckbrocken auf mich zu werfen begann. Manche trafen. Schmerzten. Ich saß aber da, alt, auf meiner Bank und rührte mich nicht. Drehte mich nicht um, um dem Jungen ins Gesicht zu sehen. Wollte ihn nicht erschrecken. Er hatte noch ein Leben vor sich.

Seither wohne ich allein in der Wohnung. Fritz, Suse, Rose, Holger, Rudolph: Sie haben ihre Sachen einfach preisgegeben. Sogar die Posaune liegt noch im Korridor, verbogen und zerbeult. Nur einmal kam die blasse Freundin, ging wortlos in die Küche, kam mit dem Rollenbuch wieder heraus und verschwand ohne einen Gruß. – Ich lasse alles,wie es ist. Nicht einmal das Geschirr habe ich abgewaschen. Ich vermisse meine Freunde. Es war so lustig mit ihnen. – Helmuts Zimmer allerdings habe ich ausgemistet.
Den Computer fasse ich nicht mehr an. Dafür sitze ich um so häufiger vor dem Fernseher. Ich switche zwischen meinen zwanzig Sendern hin und her und sehe zum Beispiel einen Tennisspieler, der konzentriert den Arm zum Aufschlag hebt, den ich aber nicht miterlebte, weil ich durch einen leichten Knopfdruck in einen Film hineingerate, in dem jemand, der Gandhi sein könnte, mit bloßer Brust auf eine Batterie Kanonen zugeht, mit unbekannten Folgen, denn ich sehe schon längst den Clip einer hämmernd spielenden Band

mit T-Shirts voller Totenköpfe und wechsle vor dem Ende des Songs zu einem Golfplatz am Rande eines blauen Meers. Verweile bis kurz vor dem Schlag eines Manns mit einer amerikanischen College-Mütze. Häuser stürzen ein. Autos explodieren. Maschinenpistolen schießen. – Einmal sah ich eine Wüste. In ihr, in ihrer Mitte, ein paar Hüttchen. Eine Tankstelle. Glühende Hitze. Männer in weißen Mondanzügen gingen hin und her, mit langen Stangen in den Händen, mit denen sie den Wüstenboden, die Steine, die Kakteen abtasteten. Anzeigegeräte an ihren Gürteln piepsten und blinkten. Helikopter überall, mit sich drehenden Rotoren. Vor dem Haus neben der Tankstelle, einer Art Imbiß, standen bewegungslos, hilflos vielleicht, zwei Menschen, die ich nur undeutlich wahrnahm. Ein Mann wohl, und eine Frau. Sie trugen als einzige keine Schutzanzüge. Die Frau, die ein blaues Arbeitskleid zu tragen schien, hatte blonde Haare. Der Mann war kleiner als sie. Er legte einen Arm um sie, sie schützend, nach oben fassend, um ihre Schultern zu erreichen. Sie neigte ihren Kopf zu ihm. Weinte sie? Beide wurden in ein Auto verladen, das sofort losfuhr.

Urs Widmer im Diogenes Verlag

Alois/Die Amsel im Regen im Garten

Zwei Erzählungen

»Panzerknacker Joe und Käptn Hornblower, der Schiefe Turm von Pisa und die Tour de Suisse, Fußball-Länderspiel, Blitzschach, Postraub, Untergang der Titanic, Donald Duck und Sir Walter Raleigh – von der Western-Persiflage bis zur Werther-Parodie geht es in Urs Widmers mitreißend komischem Erstling *Alois.*«
Bayerischer Rundfunk, München

Das Normale und die Sehnsucht

Essays und Geschichten

»Dieses sympathisch schmale, sehr konzentrierte, sehr witzige Buch ist dem ganzen Fragenkomplex zeitgenössischer Literatur und Theorie gewidmet.«
Frankfurter Allgemeine Zeitung

Die Forschungsreise

Ein Abenteuerroman

»Da seilt sich jemand (das Ich) im Frankfurter Westend von seinem Balkon, schleicht sich geduckt, als gelte es, ein feindliches Menschenfresser-Gebiet zu passieren, durch die City, kriecht via Kanalisation und über Hausdächer aus der Stadt... Heiter-, Makaber-, Mildverrücktes.« *Der Spiegel, Hamburg*

Die gelben Männer

Roman

»Skurrile Einfälle und makabre Verrücktheiten, turbulent und phantastisch: Roboter entführen zwei Erdenbürger auf ihren fernen Planeten...«
Stern, Hamburg

Vom Fenster meines Hauses aus

Prosa

»Eine Unzahl von phantastischen Einfällen, kurze Dispensationen von der Wirklichkeit, kleine Ausflüge oder, noch besser: Hüpfer aus der normierten Realität. Es ist befreiend, erleichternd, Widmer zu lesen.« *NZZ*

Schweizer Geschichten

»Aberwitziges Panorama eidgenössischer Perversionen, und eine sehr poetische Liebeserklärung an eine – allerdings utopische – Schweiz.« *Zitty, Berlin*

Shakespeare's Geschichten

Alle Stücke von William Shakespeare. Mit vielen Bildern von Kenny Meadows. *Band I* nacherzählt von Walter E. Richartz *Band II* nacherzählt von Urs Widmer

»Ein Lesevergnügen eigener und einziger Art: Richartz' und Widmers Nacherzählungen sind kleine, geistvolle Meisterwerke der Facettierungskunst; man glaubt den wahren Shakespeare förmlich einzuatmen.« *Basler Zeitung*

Das enge Land

Roman

Hier ist von einem Land die Rede, das so schmal ist, daß, wer quer zu ihm geht, es leicht übersehen könnte. Weiter geht es um die großen Anstrengungen der kleinen Menschen, ein zärtliches Leben zu führen, unter einen Himmel geduckt, über den Raketen zischen könnten...

Liebesnacht

Erzählung

»Ein unaufdringliches Plädoyer für Gefühle in einer Welt geregelter Partnerschaften, die ihren Gefühlsanalphabetismus hinter Barrikaden von Alltagslangeweile verstecken.« *NDR, Hannover*

Die gestohlene Schöpfung

Ein Märchen

Die gestohlene Schöpfung, selbst eine Schöpfung, ist ein modernes Märchen, Actionstory und ›realistische‹ Geschichte zugleich; und eine Geschichte schließlich, die glücklich endet.

»Widmers aufgeklärtes Märchen macht uns keine Illusionen, wohl aber das seltene Vergnügen eines literarischen Abenteuers im Gegenlicht aller zweifelhaften Wirklichkeit.« *Deutschlandfunk, Köln*

Indianersommer

Erzählung

»Fünf Maler und ein Schriftsteller wohnen zusammen in einer jener Städte, die man nicht beim Namen zu nennen braucht, um sie zu kennen, und irgendwann machen sie sich alle zu den ewigen Jagdgründen auf. Ein Buch, das man als Geschenk kauft, beim Durchblättern Gefallen findet und begeistert behält. Was kann man Besseres von einem Buch sagen?«
Die Presse, Wien

»Urs Widmers Prosa funkelt seit je mit brillanten Facetten und witzig-aberwitzigen Pointen, klingt elegant und bewegt sich leicht, wie es im Deutschen selten und damit kostbar ist.«
Tages-Anzeiger, Zürich

Das Verschwinden der Chinesen im neuen Jahr

Prosa

Ein Buch mit vielen neuen Geschichten, Liedern und Bildern zur sogenannten Wirklichkeit, voller Phantasie und Sinn für Realität, »weil es da, wo man wohnt, irgendwie nicht immer schön genug ist«.

Auf auf, ihr Hirten! Die Kuh haut ab!

Kolumnen

»Kolumnen sind Lektüre für Minuten, aber Urs Widmer präsentiert die Inhalte wie eine geballte Ladung Schnupftabak: Das Gehirn wird gründlich freigeblasen.« *Basler Zeitung*

Der Kongreß der Paläolepidopterologen

Roman

Die Geschichte von Gusti Schlumpf, Instruktionsoffizier der Schweizer Armee und Begründer jener Wissenschaft, die sich mit versteinerten Schmetterlingen befaßt, und seiner lebenslangen Leidenschaft zu Sally, der rosigen Kämpferin für die Freiheit.

»Ein grandios versponnener Roman, der in der farblosen Flut der Verlagsprogramme daran erinnert, wozu Literatur fähig ist... Ein romantischer Entwicklungsroman ... Ein Klassiker ... Eine großartige Satire ... Ein abgrundtief witziges Buch.«
Süddeutsche Zeitung, München

Das Paradies des Vergessens

Erzählung

Im *Paradies des Vergessens* tummeln sich sportliche Verleger auf Fahrrädern, keuchen Autoren hinter ihnen her und verlieren ihre Manuskripte, holen brave Töchter aus gutem Haus auf und werden Politikerinnen, heiraten die einen – am Ziel – aus Liebe oder sonstigen Gründen und vergessen andere alles sofort wieder...

»Wenn viele Bücher bereits wieder vergessen sein werden, dürfte *Das Paradies des Vergessens* noch bei so manchem Leser in guter Erinnerung sein.«
Süddeutsche Zeitung, München

Der blaue Siphon

Erzählung

»Wer kann heute noch glitzernde, glücksüberstrahlte Idyllen erzählen? Wer eine Geschichte über den Golfkrieg und die A-Bombe? Wer ein Märchen für Erwachsene von – sagen wir: fünfzehn an? Und wer eine Liebesgeschichte über Lebende und Tote, die uns traurigfroh ans Herz geht? Die Antwort: Urs Widmer. Er kann all dies aufs Mal und all das ist, eine Rarität in der deutschen Literatur, tiefsinnig und extrem unterhaltend zugleich.«
Andreas Isenschmid/Die Zeit, Hamburg

»Ein erzählerisches Wunderwerk. *Der blaue Siphon* ist Widmers bislang kindsköpfigste und zugleich ernsteste, seine bislang heiterste und zugleich bedrükkendste Erzählung. Eine beispiellos ausgetüftelte und doch äußerst verspielte Prosa.«
Hajo Steinert/Die Weltwoche, Zürich

»*Der blaue Siphon* ist ein erstaunliches Buch, perfekt konstruiert und blendend erzählt.«
Susanne Schaber/Die Presse, Wien

Walter E. Richartz im Diogenes Verlag

»Walter E. Richartz, der eigentlich Walter Erich von Bebenburg hieß, ist der aggressivste deutsche Schriftsteller unserer Zeit. Der gebürtige Hamburger, der im Frühjahr 1980 freiwillig aus dem Leben ging, war Chemiker von Beruf und trat mit den härtesten Worten an gegen die mörderischen Konsequenzen der Naturwissenschaft. Wie kein anderer Schreiber seiner Generation vertraute er den Möglichkeiten radikaler Benennung: Die Kaputtmacher, Naturschänder und Lebensverachter aller Schattierungen waren seines wuchtigen Einspruchs sicher; was unter dem Deckmantel von Zivilisation und Fortschritt daherkam, mobilisierte seine harte Wortkunst.«
Frankfurter Rundschau

Tod den Ärtzten

Roman

»Auf seine Satire *Tod den Ärtzten* hat die Kritik sträflich flau reagiert; dabei ist dies ein völlig außer Rand und Band geratenes explosives und komisches Pamphlet, wie es gerade die deutsche Literatur selten genug hervorbringt.« *Jörg Drews/Die Zeit, Hamburg*

»Ein hochaktueller politischer Roman, einer der eindrücklichsten und überzeugendsten, die uns in den vergangenen Jahren erreichten. Richartz hat eine beneidenswerte Position innerhalb der zeitgenössischen deutschen Prosa inne.« *Neue Zürcher Zeitung*

Noface – Nimm was du brauchst

Roman

»Alles, was da zwischen zwei Buchdeckeln auf etwas mehr als 200 Seiten erzählt wird, liest sich so spannend wie plausibel. Von Anfang bis Ende scheint alles

mit durchaus rechten und realen Dingen zuzugehen, und doch gibt dieses ›Noface‹, Dr. med. John Reiter, der fiktive Ich-Erzähler und Schreiber (englisch: writer) dieses Romans seiner Umwelt (einschließlich Polizei und Presse) die größten Rätsel auf.«
Hans J. Fröhlich/Norddeutscher Rundfunk

Büroroman

»Der *Büroroman* ist ein einzigartiger Vorstoß in eine ›Terra Incognita‹, eine Expedition in einen großen weißen Flecken auf der literarischen Landkarte unserer Gegenwart. Kühn pflanzt Richartz die Fahne des Erstbesteigers in einem Büro-Hochhaus auf. Richartz funktioniert als Photo-, Phono-, Odor-, Seismo- und auch als Psychograph. Unter der Hand des Autors wird der langweiligste Bürotag interessant.«
Georg Hensel/Frankfurter Allgemeine Zeitung

Das Leben als Umweg

Geschichten

Dieser Band sammelt in chronologischer Folge die zu Lebzeiten des Autors erschienenen Erzählungen von 1966 bis 1979.

»Man könnte Richartz' Bücher eine Porträtgalerie des Kleinbürgertums nennen, eingerichtet mit den Beobachtungen eines musischen Intellektuellen, der die arrivierten kleinen Leute nicht aus der Vogelperspektive des überlegenen Spötters, sondern eines wie ein trauriger Gulliver unter sie gefallenen Einzelgängners beschreibt. Denn Richartz hat den geborgten Kasinowitz und die Intrigenspiele ihrer Büros genau gekannt, in ihren schmucken Spießerkolonien (in Buchschlag bei Frankfurt) gelebt und unter ihrer aus Mon-Chérie-Schachteln duftenden Gemütlichkeit nur schwach amüsiert gelitten.«
Der Spiegel, Juni 1987

Vorwärts ins Paradies

Aufsätze zu Literatur und Wissenschaft

Der Schriftsteller und Übersetzer Richartz über Amerika und amerikanische Autoren; der Schriftsteller und Naturwissenschaftler Richartz über den Verkünder des elektronischen Zeitalters Marshall McLuhan und die abgründige Spannung zwischen literarischer und naturwissenschaftlicher Intelligenz. Der Denker Richartz über die Verbindung der Phänomene Literatur und Wissenschaft.

Reiters Westliche Wissenschaft

Roman

Walter E. Richartz' Testament: Sein letzter, vor seinem Selbstmord abgeschlossener Roman zeigt, wie Wissenschaft wirklich funktioniert; er blieb bisher praktisch unbeachtet. Eigentlich unfaßlich angesichts der Tatsache, daß die Grünen in die Parlamente eingezogen sind, militärische und angeblich friedliche Nutzung der Atomkraft die Diskussion beherrscht und das Westliche Wachstumsprinzip vorm Offenbarungseid steht. Hier ist einer der wenigen Autoren von Rang, die naturwissenschaftliche und kritische Intelligenz in Personalunion vereinigen und uns Aufschluß geben.

»Seit Hans Henny Jahnn und Arno Schmidt haben so beklemmende (literarische) Attacken gegen unsere ›Fortschritts‹-Verrücktheiten eher Seltenheitswert.«
Dieter Fringeli/Basler Zeitung

Hartmut Lange im Diogenes Verlag

Die Waldsteinsonate

Fünf Novellen

Novellen, die vom Zustand jener Unglücklichen erzählen, denen das Bewußtsein ein besonderes Verhängnis war. Novellen über Friedrich Nietzsche, die Goebbels-Kinder, Heinrich von Kleist und Henriette Vogel, den Nihilisten Alfred Seidel und über eine Jüdin und einen SS-Mann, ihren Mörder.

»Die Novellen dieses Bandes zählen ohne Zweifel zu den wenigen Höhepunkten der deutschen Literatur nach 1945. Gerade die extremen Stoffe zeigen, daß der Staub der Zeit abgestreift sein muß, wenn das Wagnis des Vollkommenen gelingen soll.«
Deutsche Monatshefte, München

Die Selbstverbrennung

Roman

»Selten fällt es in einer Prosaarbeit so leicht, sich die Menschen in ihren Aktionen und Reaktionen leibhaftig vorzugstellen. Doch dies erhöht eher die Leselust, die Lange durch schön konstruierte Satzperioden von kleistscher Architektur noch erhöht. Durch sie gewinnen die Figuren Plastik und lebendige Kontur.«
Stuttgarter Zeitung

Das Konzert

Novelle

»Der Leser erfährt bereits im ersten Satz des Buches, daß es unter den Toten Berlins spielt. Alle Gäste des Salons Altenschul sind ermordete Juden, denen der Autor für die Dauer seiner Novelle ihre frühere Existenz zurückgegeben hat. Hartmut Lange hat durch

seine stilistische Zurückhaltung alle Einwände, daß ein Buch mit einem solchen Thema nur mißlingen kann, überzeugend widerlegt.«
Frankfurter Allgemeine

Tagebuch eines Melancholikers

»Langes Buch wirkt wie ein End- und Spätzeitprodukt, ein Buch des Abschiedes, in dem sich noch einmal ein Denken kristallisiert, das durch die europäische Denktraditionen zugleich befähigt wie beschränkt ist. Und die daraus herrührende Ambivalenz schafft beim Lesen just jenes Moment der Anregung zum Widerspruch, das ein notwendiges und empfehlenswertes Buch auszeichnet.« *Die Zeit, Hamburg*

Die Ermüdung

»Gewiß, es ist auf den ersten Blick ein höchst altmodisches Buch, es ist aber auch sehr sympathisch, wie Lange sich fern hält von den Wühltischen billiger, greller Gefühle. *Die Ermüdung* ist eine kleine Kostbarkeit in einem von Lärm nicht gerade verschonten Gewerbe.« *Die Weltwoche, Zürich*

»Lange hält sich an die Gebote und Verbote der großen Erzähler. Er will wie Čechov, wie Conrad, wie Fontane weder kommentieren noch analysieren, auch nicht urteilen. Seine Sprache verzieht keine Miene. Sie ist streng, lakonisch, gläsern. Sie erzeugt Atmosphäre, Spannung, Wohlgefallen.« *Kultur-Chronik, Bonn*

Vom Werden der Vernunft

und andere Stücke fürs Theater

Die Dramen dokumentieren einen doppelten Abschied: Ausgehend vom Hegelschen Rationalismus und Karl Marx' Sozialutopie, enden sie in der Melancholie über das Verschwinden jeder Vernunft und beschwören die Erinnerung an jene Gesellschaft, deren erklärter Gegner Lange war: an den märkischen Adel und an das Spätbürgertum.

»Lange ist fähig, Gedanken zu kritisieren, ohne dabei den Menschen, der sie äußert, zu verurteilen – es ist die kostbare Fähigkeit der Komödienschreiber.«
Frankfurter Allgemeine Zeitung

Die Wattwanderung

Hartmut Lange erzählt von Völlenklee, einem Buchhändler aus Berlin, von dessen hartnäckigem Versuch, seine Idee, eine Wattwanderung zu unternehmen, in die Tat umzusetzen.

»Hartmut Lange hat einen festen Platz in der deutschen Literatur der Gegenwart. Dieser Platz ist nicht bei den Lauten, den Grellen, den Geschwätzigen, sondern bei den Nachdenklichen, bei denen, die Themen und Mittel sorgfältig wählen.« *Kieler Nachrichten*

Die Reise nach Triest

Novelle

Die Reise nach Triest ist nach *Die Ermüdung* und *Die Wattwanderung* der Schlußpunkt der Berliner Novellen-Trilogie von Hartmut Lange. Aufgenommen wurde in diesen Band noch die kurze Erzählung *Das Riemeisterfenn*, in der Hartmut Lange von einem Menschen berichtet, der wünscht, »es gäbe ein Loch aus der Welt«.

»Die Spannung, von der Langes Bücher leben, ist keine vordergründige, die sich auf einer bestimmten Abfolge von spektakulären inneren oder äußeren Ereignissen gründen würde. Sie entsteht vielmehr durch Langes Meisterschaft, vieles auszusparen und dadurch unmerklich Erwartungen zu erzeugen.«
Die Presse, Wien

»Hartmut Lange hat eine Novelle geschrieben, die ganz den klassischen Regeln entspricht.« *ORF, Wien*

»*Die Reise nach Triest* ist ein spannendes Buch mit großer psychologischer Intuition, erzählt in einer knappen, fast lakonischen Sprache, die ohne jedes Pathos auskommt.« *Rheinische Post, Düsseldorf*

Die Stechpalme

Novelle

Lieber Eichbaum,
Du wirst jetzt 60, und es kann Dir nicht gleichgültig sein, daß Deine Frau erst 41 ist.

So lautet ein anonymer Brief, den Manfred Eichbaum, Verleger von Kunst- und Fotobänden, mit der Malerin und Galeristin Carla verheiratet, erhält. Zunächst versucht Eichbaum diesen Brief zu ignorieren, es gelingt ihm nicht, Zweifel kommen ihm. Weitere Briefe, immer auf dem gleichen holzhaltigen Papier, folgen: Der anonyme Verfasser kennt sich sehr gut aus in Eichbaums Leben, privat wie beruflich. Eichbaum, der seit fast einem Jahr an einem Unfall, bei dem er das Schienbein gebrochen hat, laboriert, wird zunehmends verunsichert. Wer steckt hinter diesen Briefen? Seine Frau? Mackatsch, sein engster Vertrauter im Verlag? Beide?

»Dieser Autor verdient es, daß man ihn mit ganz besonderer Aufmerksamkeit liest, denn er unterscheidet sich deutlich von lautstarken Trommlern wie Grass oder Böll jenseits des Rheins. Man wird an die Dramen Maeterlincks und Wedekinds erinnert.«
Alain Bosquet/Le Figaro, Paris